futami
HORROR × MYSTERY

ゴーストリイ・

——呪われた先輩と

栗原ちひろ

Kurihara Chihiro

イラスト　LOWRISE

デザイン　坂野公一（welle design）

contents

待っている。畳の上に、正座して。

こういうときは椅子って落ち着かないんだな、と僕は思った。

椅子に座るとどうしても床が遠くなる。それが嫌だ。無防備な気がする。なるべく確かなものに引っついていたい。床は確かだ。こんがり日に焼けた畳だとしても、腐って抜けるような床ではないはずだ。ゆるぎないもの。そこにべったりと足をつけて座る。習字をやっていた。正座は苦にならない。足がしびれないように座れる。いつだって立ち上がって走れる。だから、こういうときは正座がいい。こういうときってどんなときだ?

怪異を、待ち構えているときだよ。

「行《ゆき》くん」

「はい!」

僕はびくんと全身を震わせる。声のしたほうを見た。古びた1K賃貸の六畳間。背の低いパイプベッドと、ちゃちなPCデスクと、中古のオフィスチェアくらいしか家具はない。

あとは、開封していない段ボール。その上に、電話。電話の隣に、彼女。

マウンテンパーカーの上に長い黒髪をこぼして僕を見ている、女。

彼女は瞬《まばた》きもせずに言う。

「来てる」

僕は唾を呑《の》む。何百回目かの後悔。どうして僕は、こんなアパートを選んだんだ?

第一話　ホームシック・コール

「母さん？　引っ越しなら終わったよ。大丈夫、業者帰ったし。荷ほどきくらいひとりで大丈夫だって。近所？　まだ歩いてない。そういうのは荷ほどきの後でしょ？　お隣さんへの挨拶もまだ！　順番ってもんがあるわけ、物事には！」

僕が長野の実家からこのアパートに引っ越してきたのは一週間前、三月末のこと。

引っ越し当日の僕は疲れ果てていた。何しろ急だった。大学試験の合格通知が来たのが三月になってからで、それからとんでもないスピードで部屋を決めた。

『今からですか⁉』と驚愕《きょうがく》する不動産屋に頭を下げ、『今からですか……』と渋い顔をする引っ越し屋に頭を下げ、とにかく必死、必死、必死の積み重ね。

狭い１Kの部屋に最低限の私物がつっこまれたとき、僕は頭がぐらんぐらんするくらい眠かった。段ボールの隙間にきゅっとはまって寝たかった。

そこへ、親から電話がかかってきた。

「アパートは普通のアパートだよ。母さんも一度見たでしょ？　変わんないよ、何も」

アパートの外をうろうろしながら、意味もなく強くスマホを握りしめる。

こんなことで険しい声を出す自分が嫌だ。嫌なのに、やめられない。

うちの親は間が悪い。間が悪い以外は概《おおむ》ねまともだ。一人息子の僕に対して、ごく普通の甘やかしと、突き放しと、過干渉と、無関心をミックスしたものを注ぎこむ常識人で、僕を東京の大学へ寄こすだけの裕福さもあった。

一方の僕には少々欠陥品の気がある。地元の友達はゼロに近いし、普段からぼうっとしているか本を読んでいるかだし、そのわりに受験は失敗。第一志望から第五志望まで、まともな大学の文学部を全部落ちた。

『だったらN芸は？　あそこはこれから出願だし、文芸学部があるでしょう。文学部と似たようなものよ。それにあなた、小説が書けるんだから』

そう言った母親に従って受けた大学だけが、僕に桜を咲かせてくれた。

N芸術大学文芸学部。この四月から、僕は芸術大生になる。

芸術がなんたるかも知らないけれど、とにかく実家から離れられたのはありがたい。

僕はスニーカーにまとわりつく花びらを蹴り上げた。よりによって桜の花びらだ。このぼろアパートの敷地内に桜なんかあったっけ、と思って僕は顔を上げた。

そして、出会った。

……出会った、というのも変かもしれない。彼女はこちらに気付いてなかった。

見つけた。これが正しい。

僕は彼女を見つけた。

「母さん、もう切るね」

僕は急いで会話を切り上げ、地上からアパートの二階を見上げた。

昭和からそのままタイムスリップしてきたような二階建て木造アパート。

彼女はその二階通路から、じっと空を見つめていた。作業用のつなぎ姿に長い黒髪をこぼした、ちょっとびっくりするような美人だった。

そして、美しさ以上に、射貫《いぬ》くような瞳が強かった。小さい頃動物園で見た鷲《わし》の目つきで、彼女は空を見ていた。つられて僕も空を見たが、そこには何もなかった。春の空はばかみたいに晴れ渡っていて、雲ひとつない。

違うんだな、と思った。

彼女が見ている空と、僕が見ている空は違う。さもなければ、あんな目はできない。

ぬるい風が吹いて、彼女の長い黒髪がばらばらと揺れた。ブロック塀の向こうから張り出していた、桜の枝も揺れた。散った花びらが、ひらり、ひらりと虚無の空を舞う。

彼女の視線が、ふと、花びらに乗っかった。花びらは、舞って、舞って、僕の足下に落ちる。彼女の視線も、ひらり、ひらりと落ちて――彼女は、僕を見つけた。

彼女はゆっくりと瞬《まばた》く。

「誰?」

思ったより低い声にびくっとして、僕は背筋を伸ばした。

「あ、二階です」

「今日の引っ越しのひとかー。N芸?」

「はい。ひょっとして、先輩、ですか」

ためらいがちな問いに、先輩は浅くうなずいた。

首から提げていた大きなカメラを顔の横まで持ち上げる。

「このアパート、大体N大。S音楽大の子はもっと高いとこにするからね。私は瀬凪《せな》。瀬凪ほのか。写真学部四年。君の部屋の真上に住んでる。うるさくしたら、ごめん」

ぶつ切れの台詞だった。心ここにあらずと言った調子で、お世辞にもとっつきのいい先輩には思えない。うるさいご近所さんなんて迷惑なだけ。それなのに、僕は彼女から目が離せない。ほとんど上の空で、僕は言った。

「僕は浅井《あさい》行《ゆき》。東京行きの、ゆき。文学部一年です。生まれつき静かなほうですから、先輩は、僕のぶんまでうるさくしてください」

「んー?」

瀬凪さんは重いまぶたを持ち上げて、僕のことをじっと見つめる。

何か変なことを言っただろうか。改めて見ると、瀬凪さんは本当にきれいなひとだ。

海外で活躍する日本人モデルみたいで、背も高いし、つなぎを着ていてさえスタイルがいい。まぶたは重く、鼻筋は通り、唇は案外ふっくらしている。

その唇が、ふ、と笑った。

「ふふ。いいこ」

瀬凪さんはあどけなく笑い、サックスみたいな低い声で言う。

そのとき、僕は、目の前がフラッシュした。

景色が白飛びして、耳の奥がおかしくなった。

別に瀬凪さんがフラッシュを焚《た》いたわけじゃない。多分僕の頭のどこかが発光したんだ。生まれて初めての感覚だった。初めてだけれど、誰かに囁《ささや》かれたみたいによくわかった。

これは一目惚《ひとめぼ》れだった。

光がゆるゆると去って行った後も、世界はさっきとは違った色に見えた。虚無だった春の空はどこまでもどこまでも深い青色をして僕をのぞきこんできたし、瀬凪さんはうつくしいのと同時に、すさまじくかわいい。

「いいこには、暇なとき一杯おごってあげる。今日はバイトだから、また今度」

「えっ。あ、はい。ありがとうございます……」

生まれて初めての飲みの誘いに、僕は顔の表面が熱くなるのを感じた。

恥ずかしかった。とっさに誘いを受けてしまったけれど、軽い奴と思われていないかどうか心配だ。もしくは常識外れ。田舎者。冗談を本気にするなよ、なんて笑われないだろうか。あらゆる不安が押し寄せてきて、僕は慌てて自分の部屋に入った。

室内は安全地帯だ。親も他人も入ってこない安全な場所。

深呼吸して、新居を見渡す。大した改装もされていない昭和の1K。入ってすぐはキッチンで、磨《す》りガラスのはまった引き戸の向こうが畳の居室。ちょっとじめついているのは古い物件だから仕方ない。思ったより暗い気もする。

居室へ続く引き戸のガラスの向こうには、痩せた男性らしき人影があった。

誰かが帰っている、と思って、狭い三和土《たたき》に靴を脱ぐ。

「……あれ？　いないだろ」

僕は思わず声に出した。

ぞわり、と嫌な感覚が背筋を駆け抜ける。

何を勘違いしてるんだ。僕は今日から一人暮らしをするのだ。ここは実家から遠く離れた東京だ。両親は来ていないし、友達もいない。そもそも僕の父は恰幅《かっぷく》がいい。

だったら、あの痩せた影は、誰だ？

帰ったはずの引っ越し業者が、押し入れに隠れていた？　なんのために？

『本当にひとりで大丈夫？　今更心配になってきちゃった。東京って危ないでしょう？』

耳の奥で母親の小言がリピートする。三和土のモルタルを見つめながら、僕は浅く呼吸を繰り返す。

大丈夫。大丈夫だ。よくあることだ。九割は僕の見間違い。

あとの一割は――。

「っ……！」

息を詰めて、顔を上げる。

人影のあった、居室のほうが視界に入る。

まばゆかった。磨りガラスから強い昼下がりの光が差しこんでいる。

それだけ。人影らしきものは、どこにもない。

「……疲れてんな」

僕はぎこちなく失笑し、三和土にスニーカーを脱いでキッチンへ上がった。この部屋は内見したときに『大丈夫だ』と思った。だからきっと、ただの見間違いに違いない。

引き戸に手をかけたときはさすがに気が重かったけれど、思い切って開ける。

――がらり。

明るい、畳の部屋だ。

背の低いパイプベッドと、ちゃちなPCデスクと、中古のオフィスチェアくらいしか家具はない。あとは開封していない段ボール。その上に、固定電話。ほとんどが実家から持ってきたものだった。なじんだものからにじみ出す親しみみたいなものに、僕は、ほっ、と息を吐いた。

大丈夫だ。この部屋は、きっと、大丈夫。

大丈夫、と言い聞かせていたら、ぐう、と腹が減った。

まず、生活をしなければならない。ひとりでも、やることをやらなければ。

僕はこそこそと街に出た。やたらと多い飲食店と本屋とゲームセンターを横目に、慣れたコンビニ弁当を買って帰る。気になる店は色々とあったけれど、新規開拓するには疲れすぎていた。僕はとにかく寝るべきだった。体力を回復するために、おかしな幻覚と縁を切るために、ここでひとりで生きていく自信を得るために。

「寝るには、食べる」

ぽそりとつぶやいてから、独り言が多くなっているのに気付く。

一人暮らしとはこういうものだろうか。芸術がわからない僕に芸術大学の友達ができるとは思えないから、ひょっとしたら四年間こんなふうに過ごすのかもしれない。それはそれでいい、と僕は思う。ひとりは気楽だ。楽なだけだけれど、苦しいよりはいい。

僕はたったひとりでオフィスチェアに座り、PCを起動する。ヘッドフォンをつけながら動画サイトを立ち上げ、大きめの音で無料のバカ動画をかけた。階上の先輩にああ言ったからには音漏れに気をつけよう、と思った途端に心がゆらゆらして、僕は無意味にヘッドフォンの角度を直した。

友達以上に、僕に恋人ができる未来は想像できない。

僕はとにかく自分をさらけ出すことが苦手なのだ。僕は冷たい人間で、何を考えているかわからない、ひとりぼっちのつまらない人間だ。そんな僕にあんなふうに話しかけてくれた瀬凪さんは、素晴らしくいい人に違いなかった。僕にできることは、瀬凪さんに抱いた気持ちを大切に押し殺し、無害で静かな虫けらになることだ。

僕は黙々と弁当を食べ、その後はとっととベッドに飛びこんだ。

『歯磨きはしたの？　あなた、その歯で一生食べていくのよ？』

親の小言を思い出しながら、それに従わないことにちょっとした優越感を覚える。

ぎし、ぎし、と、実家で慣れ親しんだ硬めのスプリングが鳴る。

ぎし、ぎし、ぎし。

「……あー……」

なんだ、今の声。僕の声か？　やたらとかすれているけど。

僕は慌てて飛び起きようとした。が、体が全然動かない。

なんだ、これ？　体が重い。水を入れた袋みたいにずっしり重い。ちっとも意のままにならない。

起きなきゃ。起きろ。起きろ。起きろよ。必死に自分に声をかけるけれど、スプリングが鳴る音すらしない。僕は死体みたいに転がったまま。

どうするんだ。このままじゃトイレにもいけない。それどころじゃない、食事もできない。死んじまう。やばい。まずいよ。水は？　そうだ、水道は止まってないはずだから、台所までいければいいんだ。どうにか這《は》っていけないか？　布団から転がり出て、腕の力だけで。無理か？　無理か。こんなに痩せちまったもんな。

困った。体が熱い。熱があるのは知っていたが、なんだか尋常じゃない。体中の皮膚からじくじく熱がしみ出していく。

俺、腐っているのか。

鼻はとっくにバカになってる。臭くないのはありがたい。そうか、腐ったのか。肉が残らず腐って、柔らかくなって、腐敗ガスで体が膨らみ、限界まで張った皮膚が弾《はじ》け、ずるむけ、何もかもがぐずぐずになって布団にしみこんで、布団も体も一緒くたになって畳にしみて、床板も抜けて、土にしみて、いずれ海へと流れこむ。そうしたら、帰れるのかな。

あー。……帰れるんなら、その前に、電話したいな。

電話なら、まだ、手が届くんじゃないか？

電話。そう、電話だ。

じりりりりりりん。

じりりりりりりん。

「……！」
僕は、ひゅっと息を呑《の》んで目を覚ました。
かなり深く寝ていた気がする。
横たわったまま辺りを見渡す。古い六畳間の和室。引っ越したばかりの、僕の部屋。
明かりはついているけれど、薄暗い。
「暗い……？」
がば、と起き上がると、スプリングがきしむ。動ける。
手を目の前にかざした。少し骨張った、指の長い手。もちろん腐ってなどいない。
少しだけ安堵《あんど》して外を見る。西向きの窓は真っ暗だ。次に、枕元のスマホを見た。
――二十三時五十三分。
夜中だった。思った以上に寝ている。よほど疲れていたらしい。
変な夢をみたのも、そのせいだろう。
じりりりりん。
電話はまだ鳴っている。
「誰だよ……」
僕はいらだちつつも、どこかでは安心してベッドから降りた。
実家から押しつけられた電話機には、番号通知の機能すらない。骨董品《こっとうひん》じみている。

『とってくれてよかったあ。無事?』

受話器を取ると親の声がした。家電話の番号は実家と、引っ越し業者と、大学くらいにしか教えていないから当然だ。にしても音質が悪い。雑音がひどくて、耳がぴりぴりする。

僕の口からは不機嫌な声が出た。

「なんだよ、こんな時間に! わざわざ家電にかけなくてもよくない?」

『でも……』

「とにかく、次はスマホアプリにして。僕は」

普通にやってるから、と言おうとしたとき。

ガチャガチャガチャガチャ。

ドアノブが鳴った。

「ひっ」

喉の奥で、声が詰まる。

受話器を押さえ、玄関を見た。

開け放した引き戸の向こう。キッチンの、玄関扉。

鈍い銀色のドアノブ。間違いか、と思う。そうであって欲しい。

でも。再び、ガチャガチャガチャ、と、ドアノブが鳴る。

間違いない。ぐらぐらの安いノブが、左右に激しく回り続ける。

『どうしたの？　無事？　やっぱり、無理だったんじゃないの？』

「母さん」

扉の外に、誰かいる。誰かがいて、僕の部屋に入ってこようとしてる。

僕は受話器に向かって、そんなふうに言おうとした。

その前に、受話器の向こうから母の声がする。

『ダメならしょうがない。帰ってきなさい』

やけに淡々とした声。全部わかっていたのよ、とでも言いたげな声。

母は、僕を、ばかにしていた。

「……いいかげんにしろよ！」

とっさに叫んで、僕は受話器を床に叩《たた》きつける。

うちの親はこういうひとだ。自分から東京の大学を受験しろと言ったくせに、いざとなったら『帰ってきなさい』と言う。気分も言うことも毎日変わって、言うことを聞かなければ不機嫌になり、言うことを聞いてもあとあと文句を言う。

すぐに帰ってくるなんて、お金が無駄だった。外聞も悪い。地元にもなじめていないのに、東京でもダメなの？　あなたは自立できない子ね。ダメな子。何をやってもダメ。

思いが暴走していく。頭の中で妄想の母親ががなりたてる。ダメね、と、何度も何十回も何百回も繰り返す。僕の心は砂糖の山のようで、母の声をじょうろで注がれるとあっけなく溶けていく。ぐずぐずに崩れていく。僕は無理でダメな人間で人生は無理なことばかりだ。このまま溶けたらなくなってしまう。僕というものがなくなってしまう。なくなる前に動かなければいけない。僕だって十八年の間生き延びてきた。こういうときにどうしたらいいかくらいはわかる。怒るんだ。怒りで心に着火すれば体が動く。今は怒る対象も明確だ。外にいる酔っ払いだか泥棒だかそれ以外だかを、僕がどうにかすればいいんだろう。いいよ、構わない。やってやるよ。

ガチャガチャガチャ。

再びドアが鳴るのと同時に、僕は、だっ、と駆け出した。

一目散にキッチンを抜ける。鍵を開ける。ノブをひねる。

「——いいかげんにしろ！」

怒声と共にドアを蹴り開けた。

きぃ！　と悲鳴をあげて、ドアが外に開く。

夜の空気がすうっと入ってくる。春なのに、奇妙なくらい冷えている。

薄闇の中に、泥のような色をした人影がある。

そいつはうつむいていた顔を上げ、僕を見て笑った。

「やっと開けてくれた。危ないよ、君」

「………は………え？」

「あ、顔忘れちゃった？　私でえす」

気の抜けた声で言い、そいつは泥色パーカーのフードを取る。

長い黒髪に、まぶたの厚いきれいな顔。まぎれもなく階上の瀬凪さんだった。

雰囲気はゆるいし、眉毛は、なかったけれど。

「眉毛……」

僕はぽかんとしてつぶやく。そんなことを言っている場合ではない、というのは後から思った。瀬凪さんは透けるような肌をうっすら赤く染め、もそもそと答える。

「あー、眉毛。眉毛なかったか。ごめんね、夜中なので眉毛は旅に出た」

「旅に。なるほど……？」

それで納得する人間はいないだろう。そう言い返したかったけれど、僕はまだ混乱していた。さっきまでのドアガチャは瀬凪さんの仕業だった。これはつまりどういうことだ。

さっそくのクレームなのだろうか。

ひやっとした僕に、瀬凪さんは気楽な笑みを向ける。

「上がっていい？」

「えっ、いや、よくはないです」

「大丈夫、こういうのには慣れてるし」

「そっちは慣れてるかもしれませんが、僕はまだです！」

僕がまごついているうちに、瀬凪さんは便所サンダルを脱ぎ捨てて部屋に上がりこんできた。彼女がまっすぐベッドに近づいていくのを見て、僕は慌てて追いかける。

「待って下さい、瀬凪さん！」

瀬凪さんは、ベッドの傍らでやっと止まった。

そして、段ボールの上に放り出された電話の受話器を取る。

僕はぎょっとした。怒りのあまり、親の電話を切っていない！

「これ、行くんが出たの？」

瀬凪さんは受話器を耳に当てながら言う。

「はい、それ、実家からで……すいません、ちょっとこっちに」

僕は慌てて受話器を奪い取った。

懸命に息を吸い、脳に酸素を送って親への言い訳を考える。今電話に出たのは大学の先輩です。昨日会ったばかりですが、夜中に僕の部屋をドアガチャしてきました。どこも嘘《うそ》ではないのに明らかにおかしい言い分だ。まったく言い訳になっていない。

『女が出た。看護婦か？』

「え？」

受話器から野太い男の声がして、僕は思わず顔を離した。

耳を離しても、じいじい、ぱちぱちと雑音が聞こえた。

じーじじじ、ぱちぱちぱち、ぽくぽくぽく。

『だから反対だったのよ。帰ってこいって、電報打ったらよかった』

声が女の声になった。毎晩聞いていた母親の声だ。

でも、違う。なんだ、これは。なんで今まで気付かなかったんだ。

これは僕の母親の声じゃない。

全然、違う。

『いつ反対した？　声に出したのか？　黙ってただろ？　お前は——だか——わははは

いつもそうだ‼　ひとごろし、あんたが……を行かせ……るなよ、どこ行くんだ……拾え、

骨だよ、…………溶けたのは……骨はあっただろ！　——……誰か、聞いてるな』

今度は雑音混じりの男の声が囁き、僕は受話器を電話に叩きつけた。

「っ……‼」

少し置いて、ぶわっと全身から汗が噴き出す。

どっ、どっ、どっ、どっ。鼓動が頭に響く。全身が熱いのに、表皮だけはひどく冷たい。

こわい。いやだ。もうこんなところにいたくない。こわい。こわい。その気持ちで頭が

いっぱいになる。実家の部屋が目の前にフラッシュバックする。白い部屋。二つあった窓。

明るい室内。だけど、窓と窓の間の角はいつだって暗かった。

くそ。くそ。くそ。くそ。僕は何と、電話をしていたんだ？

「それ、生きてるひとからじゃないよ」

明るく弾んだ声が聞こえて、僕の心臓は飛び跳ねた。

限界まで目を瞠《みは》って声のほうを見ると、瀬凪さんが僕を見ていた。今のは瀬凪さんの声だ。瀬凪さんは、僕を見ていた。僕を見て、笑っていた。

なぜ、と思った。

なぜ、瀬凪さんは笑っているのだろう。

しかも今の瀬凪さんはやけにかわいらしかった。乳白色の頬はほんのりと赤らみ、みずみずしく潤んだ瞳はＬＥＤライトの光できらきらと輝いていた。ふっくらした唇は今にもほころびそうに見え、どこにも恐怖の色はない。

彼女はうっとりと僕を見つめて囁いた。

「君、怪異に見こまれてるね？」

僕は立ち尽くしたまま瀬凪さんを見ていた。昼間に見たのと同じ人なのに、同じ笑顔なのに、まったく別人のように思える。

「大丈夫。私、こういうのをやり過ごすのに慣れてるから。君を手伝うよ、行くん」

瀬凪さんの甘い声が僕の名前を呼んで、僕はなぜかぶるりと震えた。

◇

『夜中に電話はしてないよ。引っ越し手続きはちゃんと終わった？』

スマホのアプリ画面には、親からのメッセージが浮かび上がっている。

僕はため息まじりにスマホをスリープモードにして、視線を上げた。小さなテーブルの向こう側では、瀬凪さんが長いスプーンでチョコパフェをつついている。

昨日から引き続き、瀬凪さんはやけに楽しそうだ。

「昨日は最高だったねえ。バイトから帰って自分の部屋に入ったら、お尻に怪異特有の『あの感じ』が突き上げて来たんだ。わくわくで飛び出してきちゃったよ」

言うことがかわいくないのも昨日と同じだ。

僕はため息まじりに、自分のパフェをスプーンでいじくり回しながら言う。

「僕、自分以外で霊感あるひとに初めて会ったんですけど、それ、普通なんです？」

「それって？　お尻が感じるかどうか？」

「表現はどうかと思いますけど、ええと、まあ、そうですね。僕は生まれつき、見えるだけなので。天井ごしとか壁ごしに感じ取れるのはすごいな、って」

段々しどろもどろになってしまうのは、こういう話をするのに慣れないからだ。

思えば僕は、生まれつき半端者の霊能力者だった。

幼稚園のときは鶏が死に絶えた鶏小屋に餌をやり続け、先生は連絡帳に『悪ふざけが過ぎます』と書いた。もちろん、母親は目をつり上げて僕を叱《しか》った。

『どうしてそういうことをするの。大人を馬鹿にしているの？』

叱られて以来、僕は鶏小屋の中の『何か』に餌をやるのをやめ、園では野犬らしきものに園児が噛まれる事故が起きたが、そこに因果関係があると思っていたのは僕だけだ。

似たような事件は、それからも起こり続ける。

小学校低学年のときは、同級生たちがよく遊ぶ公園の池に人間の手足が浮いているのが見えた。その公園を避ける僕にはあまり友達ができず、親はそんな僕を『暗い』と決めつけた。僕は親も友達も避けて図書館にこもるようになり、同級生たちは特定の日に何人も池に落ちた。同じような現象は、翌年も同じ日に起こったようだ。

まともに対処しても、逃げても、いいことはない。だったらひとりで戦ってやる、と思ったのは中学生のとき。僕は、怪異を怒鳴りつけて追い払うやり方を編み出した。一瞬は気分がよかったけれど、部屋で怒鳴る僕を見た親は『あなた、荒れてる』と言った。

かように僕は半端なのだ。この世ならざる何か、もしくはこの世に焼きついてしまった何かを見ることはできても、対処の仕方は中途半端。周囲の不理解を恐れるばかりに主張するのを諦めてしまった。

一方の瀬凪さんはどうだろう。

昨晩、僕の部屋の怪異の気配を察知するやいなや押しかけてきて、そのまま朝まで怪異をどう『やり過ごす』かの相談に乗ってくれた。しかも、最高に嬉《うれ》しそうに。

「多分、行くんもできると思うよ。気付いてないだけで」

「気付いてない？」

瀬凪さんに言われ、僕は思わず聞き返す。

瀬凪さんは、スプーン山盛りのアイスを僕に差し出した。

「食べる？」

「食べません。今、怪異に気付くやり方について話してませんでしたか？」

「そうだったそうだった。えーとね、私は怪異に近い所の肌がざわついて、眼の奥がずーんとくる感じがあるよ。そういう反応って、怖さとか興奮とかに隠れちゃいがちだけど、誰にでもあるんじゃないかな。ま、私も他に霊感ある友達いないから、わかんないな」

「なるほど。怖さに紛れた体の反応、ですか」

僕にもそういうものはあるんだろうか。それがわかれば、役立つことはありそうだ。

考え始めた僕に、瀬凪さんはつなぎの胸を張る。

「他にも、聞きたいことがあったらなんでも聞いて。アパートの裏技でも、N大のことでもいいよ。あのアパートも大学も長いからね、私は」

「じゃあ、ひとつだけ。この喫茶店のモーニングって、いつもパフェなんですか？」

「そんなこと……？」

瀬凪さんが心底悲しそうな声を出すので、僕は少々慌ててしまった。

「いや、だって、気になりますよ。モーニング連れて行ってあげるって言われて、パフェが出てくると思わないですよね？」

そこへ、通りかかった薄幸そうなお姉さん店員が口を挟む。

「パフェはサービスです、アイス余ってるし、瀬凪さん常連ですし。よく新入生連れてきてくださるから、ね。たくさん食べてくださいね。なんならおかわりありますから」

「はあ。ありがとうございます」

お礼は言ったものの、パフェはパフェだ。白米じゃない。おかわりはしないだろう。

生まれて初めての体験に、僕はしげしげとパフェを見下ろしてしまった。

東京とはこんなふうに自由な街なのか。むしろ、瀬凪さんが自由なのか。

「ここはね、そういう店なの。食べてなさそうな顔してる子には、どんどんサービスが出てきちゃう。行くん顔色悪いから、貧乏だと思われてんだよ」

「貧乏……」

瀬凪さんに言われ、僕はつぶやく。東京、自由なうえ、思ったよりぐいぐい来る。

僕は東京の誰にも両親の名前や職業を言っていないし、誰にも自分の生い立ちを話していないし、誰にとっても、完璧に赤の他人なのに。

「相席失礼しますっ」

ぼうっとしているうちに、僕の隣に男が座った。ほんのりいいにおいがするスーツ姿の若い男だ。僕はびくっとして身を縮めたが、よくよく見ると見覚えがある。

男は僕には目もくれず、瀬凪さんに手を振った。

「どうも、お久しぶりです！　駅前不動産の大森《おおもり》です」

「大森さん、お久しぶりー。パフェ食べる？」

瀬凪さんは気楽に言って、半分になった自分のパフェを大森に押しやろうとする。

誰にでもやるのか、とひやっとしたが、大森はスマートに笑ってパフェを押し返した。

「仕事中なんでね。珈琲だけいただきます。で、どうしたんです？　瀬凪さんがウチにだべりに来るんじゃなく、こんなところに呼び出すなんて。ついに、やっと、ようやく、あの古巣を捨ててお引っ越しですか？」

快活でありつつも、焦りを感じる喋《しゃべ》り。

この大森は、僕があのアパートに引っ越すときの不動産会社の担当者である。店では『いや〜、この時期は難しいですねぇ。ほんと、どうしてこの時期になっちゃいました？ほんと、なんで？』などと無駄な圧をかけてきた。

見るからに陽キャだし、僕は瞬時に心を閉じて、首を縮めて、すみません、すみません、お願いします、と繰り返す人形になってやり過ごしたのだが、今は明らかに様子が違う。

理由は知らないけれど、瀬凪さんのほうが優位にあるようだ。

これなら必要な情報も聞き出せるかもしれない、と僕は思う。

そう、僕らはこれから、あの怪異についての調査をするのだ。


『怪異を、やり過ごす。それが大事なんだよ、行くん』

昨晩、僕から事情を聞いた瀬凪さんの第一声はそれだった。

やり過ごすってなんですか、と僕が聞き返すと、彼女はかわいく笑ったものだ。

『そのまんまの意味。私、呪われてるんだよね。部屋に怪異的な何かが入ってきたこともあるし、車道に引きずり出されたこともある。だけど、大けがもせずにここまで来られた。全部うまくやり過ごしてきたからだよ。君にも、その極意を教えてあげる』

瀬凪さん曰《いわ》く、必要なのは『怪異の特徴を調べること』らしい。

そこから、相手の望んでいること、行動パターンを割り出して、共存していく。

怪異と共存とは一体どういうことなのか。想像すらつかないのが本音だが、確かに瀬凪さんはそう言った。

『そもそも怪異を退治しようっていう発想もおかしくない？　下手したら相手はそこに何百年もいるんでしょ？　先住権とか考えたらこっちが負ける。とはいえ私たちだって平和に暮らしたい。目指すところは、棲《す》み分けなんじゃないのかな』

理屈は理屈である。ただし、生まれて初めて聞く類いの理屈である。

聞く限りでは、瀬凪さんには僕程度の除霊能力もなさそうだった。自称『呪われた女』なのに除霊もできず、無傷で生き残ってきたのなら、確かに彼女のやり方は『当たり』だった可能性は高い。

そんな瀬凪さんが、僕のアパートの怪異について立てた仮説は、こうだ。

『君んとこの電話の怪異って、怖い以外に大した害はないよね。ほとんど行くんを心配してるだけだった。でも、行くんに心配される心当たりはない。ならあの電話が、誰か他のひとを心配している可能性はない？』

これまたなかなか考えつかない仮説だ。

最初はあっけにとられたが、考えているうちに可能性はあるような気がしてきた。

怪異のすべてが、生きた人間に害意を持っているわけではないのは正しい。僕も、ふらふらしているだけ、うずくまっているだけの無害な怪異を見ることはある。人間のすべてが他人に害意を持っていないのと同じだ。

そもそも怪異とは何なのか。僕は、誰かの意思や記憶がこの世に染みついたものだという説を取っている。あの電話も、誰かの心配がこの世に焼きついたものだとしたら。心配されているのは誰だ？

可能性、一。この電話番号を、以前使っていた人間。

可能性、二。この電話機を、以前使っていた人間。

可能性、三。この部屋に、以前住んでいた人間。

可能性、四。全然関係のない他人。

四の場合は追いかけようがないから、保留。

一も調べるのは困難だ。僕らは警察でも通信会社でもない。

二は、そもそも実家にあった電話を持ってきただけだから、実家の家族になる。

残るは三。この部屋に以前住んでいた人間なら、瀬凪さんが調べられる、という。

そうして呼び出されたのが不動産屋の僕の担当者、大森だ。彼は瀬凪さんの電話一本で、のこのこ出勤前にやってきた。

瀬凪さんは大森を見つめ、切れ長の目を細めて笑う。

「早く引っ越しできる身分になりたいねえ。そのためには卒制あげて、卒業しないとだけど、まだまだ進まないのよ。ってことで、今日呼んだのは彼の件なわけ。彼のこと、覚えてます?」

瀬凪さんが僕を指さしたので、僕は慌てて会釈する。

「ども」

「どうも。覚えてますよ、浅井さんですね。瀬凪さんのアパートに越してこられた。かなりギリギリの時期でしたけど、あそこが埋まってよかったですよ。築年数は古いですけど、なんだかんだで長くおられる方が多い物件ですよ。調子、いいでしょう？　ね？」

　僕相手になると、途端にはきはき威圧的な喋りになるのはなぜだろう。

　対する僕は、歯に物が挟まったみたいな喋り方をする。

「そうですね、調子は、まあ……」

「出たんですけど」

　瀬凪さんが低い声で切りこんだ。

「瑕疵《かし》物件じゃありませんよ」

　大森の鋭い返事。あまりにも反応が早い。

　瑕疵物件とは、そこで自殺や殺人があった不動産のことと記憶している。瀬凪さんと大森は、以前もこんなやりとりをしたことがあるのだろうか。

「でも、出たよ？　あからさまに出た。怪異。君らにわかりやすく言うなら、ユーレイ」

　瀬凪さんは低いテーブルに頬杖《ほおづえ》をつき、静かに大森をにらみ上げる。美しいだけだった目がぎらりと光って、僕は初対面のときを思い出した。猛禽《もうきん》の目だ。

「いやいやいや、待って下さいよ、それは言いがかりってもんじゃありません？　瀬凪さんも知ってるでしょう。ここ数年、そんな話は出てないって」

　唇をひきつらせて言う大森。瀬凪さんは視線を外さずに続ける。

「ここ数年の間にだって、私の周りには怪異はあったよ。私が処理するから『なかった』ことになってただけ。だけどこの子は私とは違う。見てよ、この子の顔。錯乱寸前だよ。これは口コミ荒しする顔だよ」

「えっ」

口コミ荒しと聞いて、大森の顔色が変わった。

それこそ、僕より青い顔で僕のほうをうかがう。僕は慌てて首を横に振った。

「しません。むしろ口コミは書かないほうです、文章に悩み抜いてしまうので」

「ほら、聞いた？　この子は文芸学部。文章のプロだから悩むんだ。本気になったら地図アプリの口コミに、超・名文のアパートの怪談書くよ！　あっという間にWeb上での噂《うわさ》になって、このアパートは治安の悪い観光地になり、周囲からは苦情殺到！」

まさに立て板に水、の勢いで瀬凪さんがまくし立てる。

大森は青い顔のまま硬直していたが、やがて、いきなりテーブルに両手をついた。

額をテーブルにぶつけんばかりに頭を下げ、彼は叫ぶ。

「信じて下さい、あの部屋は本当に瑕疵物件じゃないんです！　古いアパートですから、幽霊の噂はたまにあります。だけど前の入居者さんは浅井さんと同じN大の学生さんで、卒業と同時に円満に出て行かれてます。苦情もないです。だからどうか口コミ荒しとか、大学内で悪い噂を流すとかは勘弁してください！」

「いい頭の下げっぷりだね。だけどね、噂ってのは流れるときは流れるんだわ」

蕩《とろ》けるような甘い声で囁く瀬凪さんは、妖艶と言おうか、悪女と言おうか、直視できないほどの色気が漂う。ただし、着ているものは泥色ジャージだ。そのギャップが少し嬉しいのは邪念だろうか。

「そんな……ほんとに何もないんですよぉ……」

大森が本気で死にそうな声を出したので、僕は我に返った。

おそるおそる大森と瀬凪さんを見比べて、口を開く。

「ちなみに、前の前の入居者はどうなんでしょう。前の前も円満でした？」

「前の前？　そんなのは今すぐはわかんないよ！」

やはり、僕に対しては怒鳴ると決めているようだ。退《ひ》いた方が楽だけれど、僕はぎゅっと腹に力をこめた。言い返そう。怒鳴るわけではなく、情報を伝えるために。

「あの部屋、怪しい電話がかかってくるんです。すごい雑音が入ったり、脅すようなこと言われたり、いや、これじゃ伝わらないか。とにかく、生きてる人間じゃないなって感じはあるんですけど、言い回し自体もおかしくて」

「言い回しって何？　時代劇みたいな喋りだったとか？」

大森は半信半疑の顔になって聞いてくる。確かにあの奇妙さは、実際聞かないと伝わらないだろう。だが、伝わりやすいところもある。僕は大急ぎで言葉をつないだ。

「近いです。その電話、『看護婦』って言ったんですよ。僕が物心ついたころには『看護婦』は『看護師』でした。さっき調べたら、呼称が変わったのは大体二十年前です」

「なるほど。あの電話の声ってせいぜい中年だったから、それはちょっと違和感だね」

うなずいてくれたのは瀬凪さんだ。援護射撃に勇気づけられ、僕は続ける。

「はい。『電報』とも言ってたし、電話の相手はかなり昔のひとだと思うんです」

「かなり、昔のひと」

大森はぼけっと繰り返したが、瀬凪さんは緩やかに足を組み直して僕を見た。

「ふふ。行くん、君、最高」

「はい……？」

ぞわっと背筋が寒くなった気がして、僕は瀬凪さんを見つめ返す。瀬凪さんは白い頰をほんのり赤らめ、両の瞳をみずみずしくうるませていた。まるで大好きな巨大パフェでも前にしたときみたいだ。いや、実際瀬凪さんがそこまでパフェ好きなのかはよくわからない。ひょっとしなくても、彼女は、パフェよりこういうことが好きなのかもしれない。

僕の心の声を肯定するみたいに、瀬凪さんは囁く。

「私、この怪異、好きになっちゃった」

◇

「お邪魔しまーす。いや〜、相変わらずきれいな部屋だねえ」

一切の緊張を感じさせない声で言い、瀬凪さんが僕の部屋に入ってくる。先に入った僕は、慌ててなけなしのクッションを座布団代わりに床に置いた。

「荷ほどきもできてなくて、恥ずかしいです」

「そんなの恥ずかしいに入らないでしょ。私もまだ全然できてない」

「できてないって、何がです？　……まさか、荷ほどき？」

「段ボールに入れたものはもはや段ボールという物体になり、段ボールとして活用される運命であったのだ。ほら、ちゃぶ台代わりとかになるしね？　これ、ここ置くね」

瀬凪さんはすっとぼけたまま、両手に持っていた段ボール箱をベッドのそばに置く。

喫茶店から出たあとは怒濤《どとう》だった。瀬凪さんに引っ張り回されてあっちへ、こっちへ、この見知らぬ街を駆け巡り、帰ってきたのはもう夜だ。

夜に、女性が部屋にいる。そのことがこんなときでも落ち着かない。

僕は勉強机の椅子に座ろうかと思ったけれど、結局瀬凪さんと視線を合わせたくなって畳に座った。

「瀬凪さん、四年生なんですよね。ということは、四年空いてない段ボールが……？」

「四年生が四年間大学にいるとは限らないのが大学だよ」

「え。それって、つまり？」

「行くんオーナーのとこに持ってったみかんのあまり、食べる？　オーナーすっかり気に入っちゃって、さらに追加で注文するらしいよ」

瀬凪さんはあからさまに話を逸《そ》らし、ビニール袋を僕によこす。

踏みこみすぎたかな、と反省しながら受け取るものの、空腹感はみじんもなかった。朝パフェと昼のラーメンが効いているのかもしれないし、緊張しているせいかもしれない。

僕は曖昧に微笑《ほほえ》んで、みかんの袋を瀬凪さんに返した。

「僕はあんまり果物食べないんで、瀬凪さんに食べてもらったほうが嬉しいです。……オーナーさん、ずいぶんお年でしたね。一人暮らし、大丈夫かな」

「どうだろね？　私がたまに見に行ってるから、ここの住人みたいに溶けて畳に染みることはないと思うよ。それにしても行くん、すごかった。名探偵みたいだったねぇ」

瀬凪さんは嬉しそうに僕を褒め称《たた》えたのち、せっせとみかんを剝《む》き始めた。

僕はなんとなく居心地悪く足をもぞもぞさせる。

「名探偵ではないですね。電話の声が看護婦とか言ってるんだし、両親らしきひとがあれだけ心配してるし、この部屋で死んだひとは持病持ちの若者だと思うのは普通ですよ」

喫茶店を出た僕らは、まずはアパートのオーナー宅を訪問した。

オーナーは、アパートのすぐそばの一軒家に住む七十代女性だ。もっさりした庭木に囲まれた昭和の平屋は、とても東京都とは思えない空間だった。自称あのアパートの『牢名《ろうな》主《ぬし》』の瀬凪さんとオーナーは以前からお友達だったそうで、話は終始スムーズ。

駅前で買った新種のミカン一袋で、オーナーはあっさり口を開いたのだ。

『病死した子、いたよ。三十年くらい前かなあ。持病があったんだけど、どうしても都会の学校に行きたいってね。無理を通して上京したらしいの。親に泣きついたら連れ帰られるって思ったのなあ。ひとりで、耐えて、耐えて。耐えきっちゃったんだねぇ』

みかんを剝きながら喋るオーナーの横顔は穏やかで、僕は不思議な気分に浸っていた。僕の部屋で死んだ人間がいたことへの、恐怖や気持ち悪さではない。体が静かに重くなっていく気がしたのだ。

オーナーが剝いているみずみずしいみかんみたいに、僕は薄い皮の中にたぷたぷに水をたたえた存在になっていく。そして、弾けて、布団に染みて、畳に染みて、さらさらと流れて海へと向かう。どこか安堵感にも似たそれは、アパートの部屋で眠っているときに襲われたのと同じ感覚だった。

これはおそらく、僕の部屋に染みついた誰かの思いだ。

ここから出て行きたくない。戻りたくないと思いながら溶けていった、誰かの思い。僕の部屋にはこんな思いを残して死んでいった誰かがいて、その誰かを心配する誰かが電話をかけてくる。僕としては、どちらかというと死んだ学生の気持ちのほうがよくわかる。僕だって、出てきたからには途中で実家に引きずり戻されたくはない。実家のあの白い部屋よりは、誰かが死んだこの部屋のほうが、マシな気さえする。

物思いに沈む僕の鼻孔を、甘酸っぱいにおいがくすぐる。

瀬凪さんは豪快にみかんを剝きながら、嬉しそうに続けた。

「ここの電話の怪異は、死んだ学生さんのご両親の後悔が焼きついたものだろうね。ご両親も子どもが死んで不仲になったり、不幸な死に方をしたのかも。後悔が死後まで残ってずーっと電話をかけてるのに、息子さんには繋《つな》がらない。いやあ、切ない切ない」

彼女の楽しげなさまは、僕を少しだけ傷つける。ひとが死んでいるのに、死んでも思いは通じ合わないのに、その切なさを面白がるのは残酷なように僕は思う。とはいえ僕だって切なさをエンタメとして消費する。青春小説の中では、年中切なく人が死ぬのだ。

生者同士の恋はいつかは実ったり実らなかったりするが、死はすべてを断ち切ってしまう。僕の部屋の電話の怪異も、と思ったところで、僕は顔を上げた。

「ずっとかけてるんでしょうか？」

「何か思いついたの？」

瀬凪さんは面白そうに僕を見る。明らかに期待されている。彼女の期待に応えられる気はさっぱりしないが、これを黙っているのも気が引ける。

　僕は慎重に喋り出す。

「このアパート、しばらく瀬凪さんのところ以外では怪異がなかったんですよね。少なくとも、ここの部屋の前の住人さんには電話はかかってなかった」

「うん。少なくとも私のお尻には来なかったよ」

「お尻は、はい。……。この部屋の前の住人さんは男性で、N大生。そこまでの条件は僕と同じ。他のどこかが違って、それが怪異発生の理由なんじゃないでしょうか。たとえば……霊感があるか、ないか、とか」

　喋っているうちに、実家の部屋が目の前にちらつく。

　あの、白い壁。白い壁に囲まれた、薄暗い部屋の角。女の顔。

　醜くゆがんだ、女の顔——。

「私もそれ、思ってた！」

　からっとした声で言われ、僕はどきりとする。

　おそるおそる視線を上げると、瀬凪さんは傍らの段ボールを手のひらで叩《たた》いていた。

「この怪異には、まだよくわからないところがあるよね。なぜ行くんが選ばれたのか。行くんが霊能者だからって可能性はある。見える、聞こえるひとにアプローチしてくる幽霊は多いらしいし。だけど、他にも可能性がある。そう思ってこれを買ってきたわけ。なんだかわかる？」

これというのは段ボールのことだろう。オーナー宅から戻る途中、瀬凪さんが商店街のリサイクル店で買った何かだ。僕は外でスマホをいじっていたから、中身は知らない。

「さっぱりわかりません。ヒントは？」

「電話線に繋ぐ、電話以外のもの」

「モデム？」

「ぶっぶー。もっと古いやつ」

「もっと古い」

僕が難しい顔をしていると、瀬凪さんは段ボールを開けてみせた。

「じゃーん。正解は、ファックスでした。リサイクルショップで、なんと三〇〇円！」

なるほど。と、それ以上にどんな感想を持てばいいんだろう。

ファックス。それは日本に残る悪しき因習だ。紙を入れると、電話の先で同じ内容が紙に印字されて出てくる。メールが普及した今は意味がないのに、なぜかまだ生きている。

「動くんですか？　ちなみにそれ、どうする気です？」

「こうするの」

瀬凪さんは言い、ファックスを部屋の隅に設置した。設置と言っても、問題の電話から電話線を引っこ抜いて、ファックスに繋ぎ直すだけだ。

僕はふんわりとした混乱を覚え、ついでに焦りも覚えて問いを重ねた。

「そうすると、どうなるんですか？」

「ファックスに電話かけたことない？　行くん」

「ないです。ファックス単体の機械自体、見るのは初めてかも」

「うわー、世代差だ！　まあいい、しらざぁ言って聞かせやしょう。ファックス機に電話をかけるとね、すっごい雑音がするの。ピー、ガー、ガガガガガ、っていう雑音」

「はあ。え？」

「いかに幽霊とはいえ、電話するたびに大音量の雑音聞くなんて、うんざりでしょ？」

瀬凪さんはいい笑顔で僕に答えた。

僕はぽかんとして固まっていたが、すぐに我に返って立ち上がる。

「瀬凪さん、『怪異をやり過ごす』って、そんな方法なんですか？　やめましょう。どう考えても、そんな雑な方法でどうにかなるわけない」

「いやいや、これで結構どうにかなるって。聞いて。私の推理によると、三十年前、生きてるころの怪異さんは固定電話しか知らなかったんだ。今の大学生は逆で、全部スマホで済ませちゃう。で、君の前の住人もそうだった」

断言されてしまい、僕はゆるゆると目を見開いた。

「だから、前の住人のときには怪異が起こらなかったってことですか？　携帯時代になって途絶えていた怪異が、僕が、この部屋に固定電話を持ちこんだから復活した、と。え、そんなに現世の諸々に縛られます？　怪異って？」

「縛られるよ。兵隊さんの幽霊はネットに書きこみしないし」

「それは、そうですね。確かにそうだ」

「信じて、行くん。今までも大体こういう感じで『やり過ごして』きたんだから」

実績を提示されてしまうと弱い。

僕の今までの戦歴といったら、『やり過ごす』どころか、みっともなく怒鳴って追い払うだけだったんだから。僕はあいまいに折れ、瀬凪さんと怪異を待つことになった。


その後は妙に時間が長く感じた。

食事は外でしたから、あとは電話がくるのを待つだけだ。瀬凪さんはすぐにいつもの調子に戻って、僕の流す動画を見たり、本や映画や大学の話をしてくれた。

僕は、霊感のあるひとがそばにいてくれるのが嬉しかった。心底心強かったし、こんなときでも少々心安らぐことでもあった。生まれてこの方、こんなことは一度もなかった。

怪異とはひとりで対決するものだった。今は、違う。

じりじりと時は過ぎ、もうすぐ二十三時五十分だ。

昨晩、あの電話に起こされたのは二十三時五十三分。

その時間が近づくと、僕らから会話が消える。僕は待つ。待っている。畳の上に、正座して。こういうときは椅子って落ち着かないんだな、と僕は思った。

椅子に座るとどうしても床が遠くなる。それが嫌だ。無防備な気がする。なるべく確かなものに引っついていたい。床は確かだ。こんがり日に焼けた畳だとしても、腐って抜けるような床ではないはずだ。ゆるぎないもの。そこにべったりと足をつけて座る。習字をやっていたことがある。足がしびれないように座れる。いつだって立ち上がって走れる。だから、こういうときは正座がいい。こういうときってどんなときだ?

怪異を、待ち構えているときだよ。

「行くん」

「はい!」

僕はびくんと全身を震わせる。声のしたほうを見た。古びた1K賃貸の六畳間。背の低いパイプベッドと、ちゃちなPCデスクと、中古のオフィスチェアくらいしか家具はない。あとは、開封していない段ボール。その上に、電話。電話の隣に、彼女。

マウンテンパーカーの上に長い黒髪をこぼして僕を見ている、女。

瀬凪さん。

彼女は瞬きもせずに言う。

「来てる」

僕は唾を呑む。何百回目かの後悔。どうして僕は、こんなアパートを選んだんだ？

じりりりりん。

じりりりりん。

電話が鳴る。

どんっ、と、体全体が重くなった。重い。まるで水袋になってしまったみたいに、体が重い。重い上に柔らかい。自分がどこまでもどこまでも柔らかくなってしみ出していく。畳をすり抜けて、この部屋にべったりとくっついていく。くっついていると安心だ。これ以上は落ちていかない気がするから。だけどいつの間にか僕の体は畳の目の間をすり抜けて、大きな大きな海へと落ちていく――。

喉が渇いた。

電話を、したい。

ピー！　ガー！　ガガガガガガガガ。

ファックスが思ったよりすごい音を立てる。

直後、ファックスのスピーカーから声がこぼれた。

『わたくし、……で、……の、遠い遠い……から、あなたを……しようと……の者です。ご在宅でしょうか？』

甲高い女の声。もう、母親の声には聞こえない。何語にも聞こえない言葉を織り交ぜながら、こちらの様子をうかがっている。

ピー！　ガー！　ガガガガガガガ。

ガガ、ガガ、ガガ。

『ご在宅でしょうか？　ご無事でしょうか？　そこにいますか？』

雑音の中で、女の声は続ける。僕の呼吸はひどく乱れた。

『……いないの？』

女の声が、ふとさみしそうになる。僕の心臓はどくん、と音を立てたあと、唐突に動くのをやめた。僕はぎょっとして、とっさに胸を叩く。どん。どん。どん。どん。

「——行くん？」

誰か喋ってる。ええと、誰だ。看護婦じゃないよな。それにしてもポンコツな心臓だ。

俺は生まれつき心臓が弱い。弱い？　いや、弱くない。弱い。弱いし、本当に体が重い。

そら、重いだろ？　体がたぷたぷの水袋みたいだろ。そうなんだよ。

腐った水を詰めた、水袋。

「あー……」

なんだ、今の声。なんだ？　僕か？　え？　僕の声？　僕から声がした。

僕はとっさに自分の喉をつかむ。

「あーーーーーーーーーー…………………」

長い、異様に低いかすれ声。止まらない。止まらない。

「行くん!」

鋭い声で、一瞬意識がはっきりした。

瀬凪さん。瀬凪さんだ。瀬凪さんの声がする。目の前に、ゆらりと彼女の両足が立つ。

僕は、いつの間にか喉を押さえて背中を丸めている。床にうずくまっている。瀬凪さん。

名前を呼びたい。でも、無理だ。鼻先につん、とする腐臭が漂い始めている。苦しい。脂汗が、ぼとり、と落ちる。畳がべたべただ。汗と——何かが、しみ出している。

僕だ。僕。僕からしみ出している。僕は腐った水袋で——違う。

違う違う違う違う違う違う違う違う違う違う違う違う違う違う違う違う。

僕じゃない。

僕じゃ、なくて。

液体は、ベッドの下からにじみ出してる。

「うん。そこだよ」

僕の、喉の奥から、他人の声が出た。

同時に、僕の首はものすごい力でひねられた。ベッドの下が視界に入る。大した高さもない、そう、十センチくらいの、畳とベッドの隙間。

目が合った。

真っ黒な固まりが、みっしりと畳とベッドの隙間に詰まっている。

それに、目がある。青白い眼球が僕を見つめて、身じろぐ。ぶしゃ、と嫌な音がして、畳に粘っこい何かがあふれてくる。鼻孔に刺激臭が刺さる。反射的に胃の奥から胃液が逆流しかけた。こわい。こわい。こわいよ、やめてくれ。怖いのに、目をそらせない。ぶしゃり、ぶしゃりと何度も液体があふれてきて、僕のつま先に触れた。ぬるりとした感触。

ひっ、と息を呑んで後ろに下がりたかった。けれど、体は動かない。

そして、僕は足首をつかまれた。

「う……う、うわああああああああ！」

やっと悲鳴が口からこぼれ出す。足首をつかんだのは、手。手だ。出てきたのは、人間の手だ。手袋をしている、と思ったけど、違う、皮膚だ皮膚だ皮膚が灰色に変色して表面にはびっしりと赤紫色の網目が張りついていて、ごめん、ごめんよ僕が悪かった、瀬凪さんも悪かった、あんなことしたんだもんな、ごめんよ、君には親だったんだよな、親のことはうっとうしくても、他人に邪険にされたら嫌だよな、ああ、嫌だ、きもちがわるい。

「いっ、いでででで、いだい、いだいだい!!」

足首に焼けつくような痛み。死人の指が僕の足首に食いこんでいる。ぬめった灰色の肌がぶちぶちと裂けて、黒っぽくなった肉がこぼれ、真っ白な何かがつややかな虫の幼虫みたいにきっちり五個ならんでいて、それは関節の骨で、僕は、もう、叫べなくて。

「や、や、う、うぇっ……」

ぶるるるるるるる。

ぶるるるるるる。

吐きそうになって、喉がけいれんする。

何かが、どこかで震えてる。意識の端っこに、その揺れが引っかかる。

直後、瀬凪さんが僕の腕をつかんで横へ押しのけた。

「いっづ……！」

足首には灼熱《しゃくねつ》の痛みが走ったけど、僕は乾いた畳に転がった。

瀬凪さんは僕の前に出る。止めなきゃ、と思った。止めなきゃ。僕もズタボロだけど、止めなきゃ。あれに触らないで欲しい、触られないで欲しい、見るのもやめて欲しい。

でも、彼女はもう、ベッドの下の死人を見ていた。

「瀬凪、さ……」

呼びかける声が、途中で止まる。

それは、瀬凪さんの白い頬がうっすら紅潮してきているのがわかったから。

瀬凪さんは、ものすごく、色っぽい顔で死人を見ていた。瞳はみるみる潤み、とろんとした中から猛禽じみた光がこぼれ出していた。

「行くん。これ、私が、もらうね？」

吐息混じりの甘い声に、僕は思わず叫んだ。

「もらう、って！」

「怪異を。私がもらう。大丈夫。ひとつもふたつも関係ないもの。怪異も呪いも、全部もらって、私がどうにかする」

どうにかするって、どうやるんですか。

問いたかったけれど、その前に瀬凪さんはしゃがみこみ、優しい顔で怪異に手を差し伸べた。何も怖くない顔だった。少しも腰が退けていなかった。瀬凪さんは愛らしかった。

そして、その背中は妙に煤《すす》けて見えた。

昔、友達の祖母の臨終の時に見たような、煤け方だった――。

「やめてください！」

「うわ⁉」

僕は叫ぶのとほとんど同時に、瀬凪さんの脇から腕を入れて、思いっきり引きずった。・案外軽い。これならいけると、そのまま部屋の隅に放り投げ、彼女の前に立つ。

そうして思い切り息を吸いこんだ。恐怖はある。もちろんある。そのままある。あるけど、僕は、叫ばなくちゃならなかった。じゃなきゃ、こいつは背後の瀬凪さんに悪影響を及ぼす。そういうものだ。

だから、思いっきり眉をつり上げて、叫ぶ。

「いいかげんにしろ！　勝手に東京出てきて勝手に引きこもって勝手に死んだくせに、今更出てきて生きてる人間にちょっかい出すんじゃねえ!!　お前もう、家賃払ってないだろ、払ってるのは僕の親だ、お前じゃないしお前の親でもない、お前も、お前の親も、とっくに死んでるんだよ!!」

こんなときに家賃のことしか出てこないなんて、と、頭のどこかでがっかりする。僕は半端な霊能者だ。格好いい祝詞《のりと》や呪文など出てこない。できるのはせいぜいこのくらいだ。

このくらいでも、ベッド下の奴は動きを止めている。少しだけ呼吸もしやすくなった。

僕は息を止め、部屋の隅に駆け寄る。

勢いをつけて、ファックスの電話線を引っこ抜いた。

「行くん、それじゃまた、電話来ちゃうと思うよ？」

ちょっと不満そうな瀬凪さんの声は、やはり震えてはいない。彼女の平気そうな様子に、僕の心はまた少しだけ傷ついた。今度のことでよくわかった。瀬凪さん、あなたはちっとも普通じゃない。

あなたは怪異が怖くない。あなたは怪異が大好きだ。

変わった趣味だな、そんなひともいるんだな、勇気があるな、僕には理解できないな。

そんなふうに思って思考停止していた。

けれどおそらく、そうじゃない。

じりりりりりん。

じりりりりりん。

「うわぁっ！　おい、やめろよ、まだ電話線繋ぎ直してねぇぞ！」

僕は飛び上がり、思わず汚い言葉で怒鳴った。

じりりりりりん。

じりりりりん。

改めて見ても、間違いない。電話線は繋がってないのに、鳴ってる。

どこからどう見ても完璧な怪異だ。ちら、と様子をうかがう、ベッドの下から這い出した奴は、さらに畳を這いずろうとしているようだった。

きっと、電話に出たいんだ。

瀬凪さんは恐れ気なく死人と電話を見比べ、少しシリアスな声を出す。

「行くん。電話は私が出る」

「だから、ダメですって！」

「なんでダメなの。大丈夫だよ。上手く言いくるめて、行くんじゃなくて私に電話をかけてくるようにする。そうしたら一件落着だよね。私は怖くない。むしろ怪異大好きだから、なんにも問題なし」

どこか自慢げに言う瀬凪さん。

僕は思いきって振り返り、瀬凪さんに向かって怒鳴った。

「怖がってないからダメなんです！　あなた、死にたいだけでしょう‼」

「……へ？」

瀬凪さんの目がまん丸になるのを、僕は見た。

少女みたいな、いや、いっそ少年みたいな無邪気な顔だった。震えるほどにかわいくて、そのかわいさが、ひどく悲しい。ひょっとしなくても、これに気付いたのは僕が初めてなのだろうか。今まで霊感友達がいなかったなら、そうなのかもしれない。

瀬凪さんは、きっと、死にたい。

多分あなたは、最初は普通に怪異を恐れていたと思います。ちゃんと怖くて、つらくて、でも、誰にも頼らずに、怪異を怖がらずにいられる方法を編み出した。

その方法は、退魔とかじゃなくて、愛だったんじゃないだろうか。

怪異を、死を、愛してしまえば、死をうっとりとした美しいものだと思えば、怪異なんか怖くなくなる――。

僕は泣きそうな気分になった。泣きそうになったまま叫んだ。

「ダメです、そんな、怖さを忘れるために強がる、みたいなの。殴られても愛してるから、みたいなの、嫌ですよ。あなたは初めての東京の知り合いで、先輩で、霊感仲間で、僕の大切なひとなんです。そんなひとに苦しみを分けるなんて、僕は嫌です」

「行くん」

瀬凪さんはぽかんとしていた。しげしげと僕を見たのち、首をひねって言う。

「君、変わってるね？」

「変わってていいです。僕は半端ですけど、除霊もできます。それにここは僕の部屋だ。だから、僕がやります。あなたは、僕が、守ります」

瀬凪さんはまだまだぽかんとしていたが、不意にうつむいた。

その後の反応が怖かったけれど、足下でずるりと音がして、異臭が強くなった。近づいてきている。見れば、ベッドから這い出てきた奴は、今にも僕の足をつかみそうだ。

僕はとにかく電話を取った。

『ご無事でしょうか？　そこにいますか？』

電話の声は妙に甲高かった。人間らしさが失せ始めていた。

しかもやたらと、キイキイと雑音が鳴っている。ブランコでも、こぐような音。

僕の手は一気に汗ばんだ。

「僕……」

『あんた、うちの子じゃないでしょ？』

冷えた声。今度は全身から、どっと汗が噴き出す。

途端に受話器はすさまじい怒声を吐き出し始めた。

『うちの子を出せ！　うちの子を出せ！　うちの子だ!!　お前じゃない！　こっちはずっとずっとずっと待ってるんだ、後ろで亭主が待ちかねてるんだ、首を長くして！　首をあんなに長くして！　首を！　床まで届くくらい！　首を！　吊《つ》ったんだよ、コードで！』

　やめろ、変なことを想像させるな！　キイキイいう音が首吊りの音みたいだとか、そんなことは考えるな！　怖がるな、喋れ！　僕は自分に必死に言い聞かせる。

　そのとき、また、僕のポケットでスマホが震えた。

　ぶるるるるるる。

　僕はとっさに、震える手でスマホを取り出していた。なんでそんなことをしたのかは、自分でもよくわからない。スマホ画面にははっきりと、『母』という文字が浮かび上がっている。僕の母親。僕の母親が、僕に連絡を取ろうとしている。こんな夜中に。

　そのとき、受話器から怒声が響いた。

『やっぱりダメだったんだ、ダメだったんだろう!?　できなかったんだろう？　勉強なんかしないでうちにいたらよかったんだ、私の見えるところにいたらよかったんだ！』

　目の前に、ちかり、と白い壁の光景がフラッシュバックする。

　これは実家の、僕の部屋の記憶だ。白い壁の前に母さんが立っている。

　受験期、成績が落ち始めていたころだった。

　母さんは僕を心配して。

でも、僕は。

「安易にダメとか言うな!」

とっさにすごい音量の声が口から飛び出て、僕は我ながらびっくりした。

一瞬ひやっともしたけれど、これは僕の声だった。僕自身の声だった。

「子どもの人生、親が勝手にダメとかいいとか決めるな! こっちも人間なんだ。あんたらはこっちが赤ん坊のときからいるから、僕をペットみたいに思うんだろ。あのな、こっちは覚えてないんだ、こっちからしたらあんた、最初から僕とは別の人間なんだよ‼ あんたの家だってあんたのもんだ、僕のもんじゃない、あんたの安全地帯はあんたの家だろ? よかったな、だけど僕の安全地帯は、あんたの家にはないんだよ‼」

一気にまくしてると、脳裏を走馬灯みたいに過去の景色が過ぎ去っていく。

実家の僕の部屋。白い部屋。あなたの部屋なのよ、と言って引き渡されたのに、実際にはプライバシーなんかろくになかった。掃除だなんだと言って母さんはちょいちょい部屋に入ってきたし、僕が留守中に入ることも年中だった。

最悪だったのは学校の間に掃除されて、小説ノートを見られたときだ。

『この間、学校の先生に言われたの。塾の宿題が多いんじゃないか。学校の授業中もやっているようだ、って。でもこれ、小説よね。あなた、これを書いてたの?』

母さんはそう言って、引き出しに入れていたはずの小説ノートを僕に見せた。

ノートに書き留めていたのは、つたないけれど大事な物語だった。半端な霊感を誰にも話せなかった僕は、霊感を持った少女にまつわる小説を書き続けていた。僕の苦しみを背負った少女が、ひどい目に遭いつつも、いずれ光を見つける話のつもりだった。

母さんは言った。

『これは遊びでしょ？』

怒りで、くらくらする。

「遊びじゃねえんだ！　あんたらにとったら遊びかもしれなくても、生きるためにやってることだってあるんだ。あんたらの息子だってそうだよ。病気なのに勉強のために上京したってんなら、それなりの覚悟があったに決まってるだろうが！　ここで死んだのはそうだろう、だけどな、そいつはここにこなくたって死んだんだよ、少なくとも、心が‼」

僕は受話器に向かって怒鳴った。涙が出そうだった。

僕は小説を『遊び』扱いされたあと、小説を書かずに勉強に邁進《まいしん》した。

成績は上がらなかったどころか、下降一直線だった。おそらく小説を書くことが情緒を安定させ、そのことが霊感を多少なりともコントロールしていたのかもしれない。書かないでいる間は余計なものが見え過ぎて、僕はすっかり情緒不安定になった。

そうして受験間近のある日、僕は、再び僕の部屋に立つ母さんを見つけた。

あの日の怒りを覚えている。

あの日の悲しみも。

僕は——。

「行くん」

——声。

瀬凪さんの、声がした。

僕は、はっとして瀬凪さんを見た。

瀬凪さんも、僕を見ていた。とてつもなく真摯な目で、僕を見ていた。

射貫く瞳だった。あの猛禽の目だった。何かと戦っているひとの目だった。

そしてどこか弱い目だった。守ってあげなきゃ。そう思った途端、すとん、と心が落ち着いた。僕は、受話器を握り直す。

ぶるるるるるる。

ぶるるるるるる。

まだ震えているスマホを握り直す。バイブ機能のせいか、スマホはひどく温かい。ひとの体温みたいだ。

僕は、息をそっと吐いて、受話器の向こうの怪異に向かって告げた。

「……あのね。この部屋、やっぱりボロいよ。街もなんとなく場末っぽいし」

『……………』

○6○

向こうからは、複雑な気配がする。

ひるんだら負けだと思ったから、そのまま思った通りのことを言った。

「こんなところで、いいことばっかり起こるわけない。でも、僕の生活は今のところ、そんなに悪くないよ。先輩が色々助けてくれてるし、東京の店、案外親切だし。……いずれ、ここを選んだのは失敗じゃないって思うかもしれない」

『……………そう』

気付くと、いつの間にか受話器の向こうは静かになっている。キイキイうるさかった雑音も消え、ただ、ひとが息を潜めている気配だけがある。

僕は少し考えたあと、正直に言った。

「心配、ありがとう。色々ごめん。また連絡する。僕の親に」

『……………そう』

さっきとまったく同じ調子で言って、電話は、向こうから切れた。

あっけなかった。でも、きっぱりと切れた。

ぶるるるるるるる。

終わっていないのは、ポケットのスマホの震えだ。

僕はそっと受話器を戻し、スマホの通話ボタンを押す。

とたんに、切羽詰まった母親の声があふれ出した。

『取ってくれたぁ……！　ありがとう、行、ごめんね、素っ気ない文面ばっかりで、ごめんね、あんまり干渉すると怒られるかと思ったの、あのときみたいに。でもね、私、あなたに殺されてもいいの、それより、あなたに何かあるほうが怖い、怖くて、私ね……』

最終的に泣き声になってしまった電話に深いため息を吐く。

多分、怪異の処理より、こっちのほうが大変だ。

どう答えようかな、と室内を見渡すと、ベッド下から出てきたあいつの姿はどこにもなかった。ＬＥＤで照らされた畳は、ただ日に焼けているだけだ。

◇

「すごい……終わった……！」

受講申込書を掲げて、僕は本気で目を潤ませる。

「いいよ、行くん。それが一年生における、最高の時間割だよ」

瀬凪さんは言い、にこにこ笑いながらパック入り飲料をストローで吸った。

電話の怪異との対決から一週間。僕と瀬凪さんは再び僕の部屋にいた。今度はただの同じ学校の先輩後輩として、複雑怪奇なる履修登録とやらに臨んだのだ。

僕は床に這いつくばり、瀬凪さんの前で思い切り土下座をする。

「ありがとうございました。瀬凪さんがいなかったら、本気で詰んでました」

「行くん、怪異騒ぎのせいで全然友達作れてないもんね。まぁまぁ苦しゅうない、このお礼は飲み会一回ってことでよろしく」

そう言って瀬凪さんが突き上げたのは、鬼の顔が描かれたパッケージの日本酒だ。

最近気付いたが、瀬凪さんの飲料の趣味は圧倒的に酒類に偏っている。ジュースを飲んでるなと思っても容器を詰め替えた酒だったりするので重症だ。聞きそびれているけれど、結局瀬凪さんは何才なのだろう。リアルに健康が心配になる。

「瀬凪さん、お世話になったからこそ言うんですけど、お酒はほどほどにしないと寿命に関わりますよ。人間は年を重ねてこそ思考の厚みが出る生き物ですよ」

「わぁい、文芸学部発言だ。っていうか行くん、ほんとに二〇才になるまでお酒飲まないの？　偉いねぇ」

「僕は記念日を大切にするタイプです。せっかくだから成人式に泥酔します」

「そりゃ最高。親御さんも喜ぶでしょ。君って親思いだもんね。じゃなきゃあんな解決、無理だしね」

瀬凪さんはふと、優しい顔になって言った。

僕は虚を衝《つ》かれた気分で、なんとなく視線を逸らす。

「正解だったかはわかりませんけど、まあ、収まってはいますね、怪異」

僕らは死者からの電話を取ったあと、まずは電話機を外して処分した。親には『アパートの電話回線にどうしても不都合があった』と説明し、アパートのオーナーからも一言添えてもらった。あとは各所に連絡、電話番号をスマホの番号に変更。たったそれだけのことで、本当に死者からの電話はぱたりと止まってしまった。ベッド下にも特に怪しい気配はない。残ったものといえば、ほんのかすかな気配くらいのものだろうか。普通に暮らしている間に、妙に眠りが深かったり、喉が渇いたり、電話をしたくなったり、ということはある。

そういうとき、僕は自分の実家に電話をかける。

ただし、スマホから。

「リアル親のほうも、何度も電話してたら過剰な感じがなくなってきて平和です。最初からこうすればよかったんですよね。でもまあ、色々あって。高校のころ、実家で親に部屋に入られて、自作の小説を見られちゃったことがあるんですよ」

「おっ、ありきたりの悲劇。もはや古典だねえ」

明るく茶化してもらえると黒歴史も成仏する。僕は苦笑した。

「まさにです。だけど当時は怒っちゃった。命がけで書いてるつもりだったのに『遊んでる』とか言われてイラッとして。ただ、一度目は我慢できました。二度目がダメだった。

受験間際でした」

あの頃は塾通いで毎日帰宅は遅かった。疲れ果てて帰宅した僕は、部屋の隅の暗がりに人影を見つけてぎょっとした。白い部屋の中でも、いつも影ができてしまう角。そこで壁に向かってうつむく人影は、何かを読んでいるように見えた。

また小説を読まれている。

そう思った途端、僕はキレた。叩きつけた。受験ストレス。身内だからこその不満。全部まとめて怒りに変換して、目の前の母親を、言葉で殴って、殴って、殴った。

「そしたら、母親、弾けて消えちゃって」

情けなく声が震える。瀬凪さんはただただ、じっと僕を見つめている。

無反応がかえってありがたくて、僕は続ける。

「ほんと、文字通り弾けたんです。母さんはバラバラの欠片《かけら》になって、ころころっ、って床を転がっていった。殺しちゃったんです、僕は」

語尾が震え、だらりと脂汗がにじむ。思い出すだけでも恐ろしい。

あのときはまさにパニックだった。殺したいとは思ったけれど、本当に殺したいわけではなかった。取り返しがつかないことをしたと思った。頭がおかしくなりそうだった。

瀬凪さんはそんな僕を見て、猫みたいに目を丸くする。

「なるほど。そこにいたの、幽霊だったんだね？　お母さんじゃなくて」

瀬凪さんの声がさも楽しそうに弾んだのを聞くと、僕は心底ほっとした。

何度も、何度もうなずいて言う。

「そうなんです！　そこにいたの、母さんじゃなくて通りすがりの幽霊だったんです。僕が母さんだと思いこんで罵倒して、除霊しちゃっただけだったんです。しかも、罵倒してる途中に、本物の母さんが駆けつけて。僕の声を、聞いちゃったんですよね……」

「あちゃー。そりゃ双方気分最悪だね。間が悪いねえ、ママン」

瀬凪さんは難しい顔で日本酒パックをすする。

そう。うちの両親はとにかく間が悪い。幽霊に向かって怒鳴り散らしたあと、ドアのところで真っ青になっていた母親の気持ちと、そんな母親を見つけた僕の気持ち。両方考えてみて欲しい。とにかく最悪、最低だ。

あの事件以降、僕と母親の関係はすっかりぎくしゃくしてしまった。母にとっての僕は腫れ物になり、受験に失敗しても少しも怒りはしなかった。あげく、N芸はどう、あなたは小説が書けるんだし、なんて言い出す始末だ。

生ぬるい針のむしろから逃げたい一心で、僕はこの町までやってきた。

「よし。お祝いしよう、行くん」

急に瀬凪さんが叫んだので、僕はびっくりして訊《たず》ねる。

「なんのですか？　あ、履修登録の？」

「ちがーう、成人式。行くんがひとつ大人の階段上った式。アルコールがダメなら、ノンアルカクテル作ってあげる。私の部屋においで」

「えっ。瀬凪さんの部屋って、つまり、瀬凪さんの部屋ですか？」

「あははは、哲学はよせ！　そうです。私の部屋イズ瀬凪さんの部屋。おいで」

瀬凪さんは華やかに瞳を輝かせ、床に飛び降りると僕の手を握った。

あっという間に立たされて、玄関に引っ張り出される。

なんだなんだ、どういうことだ。これは嵐か？　間違いないな。僕の地元は台風があまりこないから、僕は嵐になれていない。流されるべきか、どうするべきか。

迷っている間に、瀬凪さんは三和土から通路に飛び出そうとする。

「待ってください、ちょっと待って！」

「待たない、うわっ、とっ」

瀬凪さんは明るく叫んで、思いっきり敷居に突っかかった。ダメだ、このひとあんまり運動神経もよろしくない。僕はとっさに手を伸ばし、瀬凪さんの腕をつかむ。

思いっきり引っ張って瀬凪さんの体を抱えこみ、僕が下になるようにして、狭い三和土に尻餅をついた。

「わ、わ、ごめん、痛い？　重い？　生きてる？」

瀬凪さんは柄にもなく大慌てだが、思ったよりも全然軽い。僕は瀬凪さんを逃がさないようにぎゅっと抱きしめたまま、その顔をのぞきこんだ。

「全然平気です。瀬凪さんは？　顔見せてください」

「なんで、顔？」

「大丈夫そうな顔してるかな、と思って。あなた、全部顔に出るひとだから」

僕は真剣に言い、じっと彼女の顔を見る。瀬凪さんは必死に視線を逸らそうとしていたが、やがて深くうつむいてなってしまった。

「……助けて、行くん」

「ん？　何からです？　そういや僕の部屋、まだあいつ、いるみたいなんですよね。やっぱり瀬凪さんの部屋に移動しましょうか」

僕が慌てて瀬凪さんから手を放すと、瀬凪さんはよたよたと立ち上がる。

僕も続いて立ち上がり、ふたりして通路に出た。

室内の様子をうかがう。午前の古い１Ｋはやわらかな光に満ちていて、天板がべこべこになったキッチンには、瀬凪さんが置いていった空き缶がいくつか干してある。磨りガラスの向こうにはちらりと人影が見えた気がしたけれど、すぐに消えた。

彼はおそらく、大丈夫な気がする。

問題はむしろこのあとだ。生まれて初めて、家族以外の異性の部屋に行く。改めて考えるとすさまじいプレッシャーが僕にのしかかり始めた。これは思った以上に大事件なのじやないだろうか。それとも、そんなことを考える僕が気持ち悪いのだろうか。
僕はひどくそわそわしながら、ひとまず部屋に鍵をかける。
そして、何にともなく祈った。
僕の大切な部屋に、外から、悪いものが入って来ませんように、と。

第二話　六畳チープシネマ

「瀬凪《せな》さんって、ひょっとして、写真上手いですか？」

「んがぁ」

奇妙な声があがったので、僕は慌てて振り向いた。

声がした方角には何も見えない。というか人間の姿は見えない。他のものは見える。すなわち、空き瓶の森と空き缶ピラミッドと、積み重なった段ボール箱と、そそり立つ本のタワー。それらの上にかかった服、服、服、服。

ここは密林だ。瀬凪ほのかの部屋は、文明の残骸が降り積もった原生林である。

原生林で人は生きていけるだろうか。少なくとも僕なら無理だ。

「瀬凪さん、生きてます？　さっきの、窒息の音とかじゃないですよね？」

急に心配になってしまい、密林の隙間を右往左往した。すぐに駆けつけたいけれど、まずは手にしたぞうきんをどうにかしよう。シンクのバケツにぞうきんを引っかけ、念入りに手を洗って、極彩色のシミのあるタオルでよく拭いた。

その後、原生林の雑誌タワーから一冊を引き抜き、部屋の奥へと分け入っていく。

「瀬凪さーん。瀬凪さ……あ、寝てますね」

半分くらいウィリアム・モリスの壁紙を貼って放置されたふすまを開けると、そこは押し入れだった。僕の部屋とまったく同じ造りの1K。僕の部屋と違うのは、しまうべきものが全部外に出ていて、主の生活スペースが押し入れの中にあるところ。

瀬凪さんは、押し入れに詰めこんだショッキングピンクの布団の中ですやすやと眠っていた。どうやら命は無事なようなので、僕は胸をなで下ろす。

この部屋の主はこの人。N芸術大学の僕の先輩でご近所さんの、瀬凪さんである。

一週間前の僕は瀬凪さんに一目惚《ひとめぼ》れした。一目惚れは稲妻だったし、究極の流行病でもあった。なんの抵抗もできずに落ちるだけで、這《は》い上がる方法は特にない。奈落の底に落ちた僕は、ひょんなことで瀬凪さんと一緒に怪異を鎮め、そののち、お祝いだと言って瀬凪さんの部屋に招かれた。

ふわふわした気持ちだった。そわそわもしていた。どきどきもしていた。

ただ、この部屋をひと目見て、僕は目覚めてしまったのだ。

ラブの前に、レスキューやサバイブが必要なこともある。

便所サンダルで思いっきりドアノブをはたくと開く玄関扉。使われた気配のないシンク。

足の踏み場のない部屋。それらを見た瞬間に、僕は、

『瀬凪さん、僕、掃除します！』

と叫び、瀬凪さんは、

『行《ゆき》くん、掃除ができるひとなの!?』

と叫んだ。

普通の人は掃除ができる。多分。そして瀬凪さんは掃除ができない。多分。

そこに幸運を感じなかったかと言われれば嘘《うそ》になる。僕ははっきり『ラッキー』と感じ、彼女と彼女の部屋をレスキューするための掃除要員として手を挙げ、祝杯をあげる前にぞうきんを手に取ったのだった。

それから一週間。僕らの関係は、掃除するひとと掃除されるひとに落ち着いている。

「瀬凪さん。今日の掃除、大体終わりましたよ。死にかけてたシンク周りにやすりかけて、ぴっかぴかにしてみました」

眠る瀬凪さんに声をかけると、瀬凪さんはまぶたをぴくりとさせて言う。

「……すご……達人位を授ける……」

寝てても褒めてくれるあたり、瀬凪さんもすごいひとだ。

僕はしばらくそのまま、きれいな瀬凪さんの寝顔を眺めていた。

眠っている彼女はどちらかというと幼く見え、ときめきと共に保護欲みたいなものがぐ

いぐいと盛り上がってくる。ずっとこうしていたいと思うけれど、これ以上眺めているのも不審だろう。僕は適当なところで持ってきた大判雑誌を開いた。さっき休憩中に目星をつけておいたページを、ぺらりと開く。

そこには、森と空があった。

写真雑誌なのだ。見開きを使って掲載された写真に視線を落とすと、きーんと耳が鳴る。静寂だ、と思った。耳が痛いような静寂が、この写真の中にある。

すうっと流れていく雲の形のせいか、精細に描き出された森のせいか、視線が写真の奥へ、奥へと吸いこまれていく感じもすごい。足下がふわつくような感覚さえある。ほとんど、写真の中に落ちていくような気分だ。

写真の下には、『優秀賞　瀬凪ほのか（16）』と、キャプションあった。

「やっぱり瀬凪さんだよな。十六才。高校生か。え、高校生か」

つぶやきながら瀬凪さんの寝顔を見て、また、写真を見る。

すごすぎる写真と、片付けられない瀬凪さんを結びつけるのはかなりの至難だ。そもそも僕は瀬凪さんが写真を撮っているのを見たことがなかった。このアパートに僕が越してきた日を最後に、瀬凪さんはカメラの気配すら漂わせない。

と、不意に写真雑誌が手元から消える。

「にゃーに、これぇ」

「そこにあった雑誌です。好きに読んでいいって言われたから見てたんですが、これ、瀬凪さんの写真じゃないです？」

「あぁ～……うん、あったねーこんなの。あったあった」

瀬凪さんはまだ眠そうなとろんとした目で言い、僕から取り上げた写真雑誌を布団に埋めてぼふぼふする。そして自分も、布団の中に戻ってしまう。

僕はいささか慌てて布団にすがった。

「ちょっと、瀬凪さん。もうすぐ十時ですよ。今日は二限あったんじゃ？」

「だいじょーぶだいじょーぶ、まだまだその授業はだいじょーぶ。それより睡眠のほうが大事だにゃ……おやすや」

布団の中からこもった声がする。大丈夫とはとても思えないし、写真雑誌を奪われたのも少々悔しい。未練がましく布団を見ていると、にゅっと瀬凪さんの顔が現れた。眠いときの瀬凪さんはまぶたが厚ぼったくて、それもかわいい。

「私はいいけど、行くんは大学行きなよ。四月のうちにぴちぴちの友達作らないとキツいよ。春からこんなとこに入り浸ってると、私みたいになっちゃうからね」

急にシリアスな声を出されて、僕は鳩《はと》が豆鉄砲を食らった顔になったと思う。色々な意味で瀬凪さんに言われたくないセリフだけれど、彼女の言い分にも正しいところはある。

大学といえばサークル活動。四月はサークル勧誘の季節。ここでつまずくかどうかが、その後の四年間を決めると言っても過言ではない、らしいのだ。

◇

「ではでは〜、二次会っ！　行くひと！」

大学最寄り駅前の飲み屋街は、ぬるい夕暮れに満たされていた。

赤提灯《あかちょうちん》がにぎやかな路地でN大の二年生が叫び、人差し指を突き上げる。

周囲の一年生はなんとなくためらいながら、ぱら、ぱらと手を上げた。

「な、ここは行っとこ？　まだ飲み足りないやん」

横から肘でつんつんつつかれ、僕はひぇっとかひょっとかいう声を出す。

見れば、見覚えのある顔が人なつっこく笑っていた。くるくるの茶髪に丸眼鏡をかけた一年生。顔をくしゃくしゃにして笑う関西人で、名前は確か蘭童《らんどう》といった。

僕はあいまいに口を開く。

「どうだろ。僕、飲まないしな。お金もそんなない」

「あほ、新歓で財布開く一年なんかいないって。どうせあのへんが、ほら」

蘭童はわざとらしく声をひそめ、先輩たちを指さした。

所狭しと光るネオンや赤提灯、古びた引き戸からこぼれる黄色い明かりと、学生のバカ笑い。そんなものすべてを背負った先輩集団は、ブランド物の財布を頭上に掲げた。

「二次会は、坂巻《さかまき》先輩のおごりでーす」

「こら、勝手に財布取るな。おごります。おごりますよ。もうちょっと落ち着いたところで、モクテルもあるところにしよう」

ブランド財布の垢抜《あかぬ》けた先輩が言い、蘭童は一気に浮かれた声を出す。

「ほーらほらほら、ええやん、モクテル。あれよ。ノンアルコールカクテルのことよ」

「一応知ってます。そっか」

それを聞いて、行ったほうがいいかな、と思った。

モクテルにはそこまで惹《ひ》かれなかったけれど、飲まない人間に配慮してくれるのは嬉《うれ》しい。サークルは大学内での居場所だから、活動内容より人が大事な気がする。

瀬凪さんの言葉をきっかけにサークルを探し始めた僕が、最初に参加したこの新歓コンパ。主催はなんとかいう美術館巡りサークルだ。

選んだきっかけは隣に居る男、蘭童。

『まだサークル決めてへんの？　ボクも！』

ひどく眠い一限目の授業で隣に座った彼は、映画学科の一年だった。

いくつか同じ授業を取っていて顔見知りだったのもあり、蘭童の過剰なまでのコミュニケーション力のせいも大いにあり、僕らは比較的気楽に話しこんだのだ。

『ボクは色々行ったけど、どこもピンとこんのよね～。一番の趣味は映画でしょ。で、それは授業で死ぬほどやるわけ。じゃ、サークルって何をやるの？　っていう』

なるほど、もっともだ。僕もここで文芸サークルには入らない。

彼の言いように感じ入ってしまった僕は、なんとなく彼と一緒に昼を食べ、そのままだらだらと時を過ごし、気付いたらここにいた、というわけだ。

他のサークルのメンバーだろうか、立ち飲み屋から派手な笑い声が上がる。

わははははは。きゃーっ。あはは。そんなことってある？　わあい。きゃーっ。

アルコールで蕩《とろ》けた人間という輪郭の中から放たれる、様々な声。

「ん？　どした、浅井《あざい》。なんか気になったん？」

「ごめん、ちょっと酔ったかも」

僕は適当なことを言って、ふらりと歩き出した。

「ウーロン茶と麦茶と生へビ茶で酔う？　あ、まって。ヘビのとこ、つっこんで」

蘭童はまだ何か喋《しゃべ》っているけれど、僕にはあまり聞こえない。他の音に耳をそばだてているからだ。自然と聞こえてくるのは、飲み屋街の雑踏。みんなの笑い声。

そして、きゃーっという叫び声。きゃーっ。きゃーっ。

歓声の一種ではあろうけれど、妙に気になる。耳がぴりぴりするのは気のせいだろうか。

よくよく耳を澄ませてみれば、きゃーっという歓声が聞こえてくるのは立ち飲み屋ではない。立ち飲み屋の横の路地裏だ。

僕が暗い路地を見つめていると、ふらふらとひとりの女の子が寄ってきた。薄いピンクのカーディガンを羽織っている。さっきの一次会で斜め前にいた子だ。彼女は酔ったような足取りで路地に近づき、しゅっ、と全身が路地に消えた。

「あの！　すみません！」

僕はとっさに声をあげ、路地をのぞきこんだ。路地の奥に、ピンクが見えた。

あとは、闇だった。暗い。ひどく暗い。べったりとした黒。

きゃーっ。わはははは。きゃーっ。

さっきから聞こえていた歓声と笑い声が、路地の奥から繰り返し聞こえてくる。

わははははは。

きゃーっ。きゃーっ。きゃーっ。

それにしても暗い。真っ暗な中に、女の子の背中だけが浮かび上がっている。

彼女は真っ正面から闇をのぞきこんでいた。

「きゃ……ぁ……」

女の子の声がした、気がする。

同時に、僕は適当な名前を怒鳴った。

「奈津子《なつこ》、おいで！」

ふっと辺りが静かになる。笑い声も、歓声も、飲み屋街の喧噪《けんそう》すら聞こえない。そういえば、喧噪はさっきから聞こえていなかったかもしれない。この路地には外の音が届いていない。

だったら、聞こえていたのは？

……きゃーっ？　きゃーっ。

わは。わ、わは。わはは。

控えめに復活してくる、歓声――いや、これは悲鳴だ。悲鳴と笑い。

ここには何かがいる。僕も女の子も、いつもの街からはみ出して、その何かの『中』にいる。ぞわり、と鳥肌が立ちそうになるのを、腹に力をこめて押さえこむ。

怖がるな。怖がっちゃだめだ。怖がる代わりに、怒れ、怒れ、怒れ！

奈津子ぉー。奈津子ぉー。おいでぇ。わは。

路地の声が僕の真似をする。ばかにしていやがる。

奈津子ぉ、奈津子ぉ、きゃーっ、わはははは。

おいで。おいでおいで。

おいーで。

声が段々と大きくなってくる。呼んでいる。僕をばかにしながら女の子を呼んでいる。

もっともっと深いところへ呼びこんでいる。ピンクの背中は動かない。僕も動かない。僕は祈るように、じっとピンクの背中を見つめている。

お願い、こっちを向いて。

おいで。

おいで。

おいでおいえおいでおいでおいで、
おいーで。奈津子ぉ。

闇が囁《ささや》く。そして。

「……？　私、奈津子じゃないけど」

女の子が、言った。

静寂。周囲の声が、一瞬消える。

今だ、と本能が囁き、僕は路地の奥へと駆けこんだ。女の子の前に割りこむと、青ざめた顔が僕を見る。ぼんやりとしている様子ではあったが、その目には確かに僕が映りこんでいた。大丈夫だ、この子はまだ、僕と同じ場所に居る。

「ごめん、見間違っちゃった。っていうかサークルの子だよね。二次会行く？」

僕は全力で朗らかに言う。表面だけでも蘭童を真似してみたものの、上手く顔が動かなかった。顔筋の鍛え方に差があるのだろう。女の子はさも気持ち悪そうに、僕のぎこちない笑顔を見つめてつぶやく。

「二次会。あー……サークルの……」

「そうそう。どう？　おごりだって言ってたよ？」

「んー。なんか、すごい酔っちゃって調子悪いから、やめとく。……ありがとね？」

明らかに不審そうな顔でお断りされ、僕の胸は結構真面目に痛んだ。とはいえこれが一番いいパターンだ。この程度の手助けで恩義を感じられても困るし、具体的に何をやったのかをつっこまれても説明しづらい。

「わかった。気をつけて帰ってね」

僕はなるべく無害な笑みを模索しつつ言う。

ああいうものに惹かれるということは、きっとこの子は疲れているところなのだろう。送っていくのが完璧な対応かもしれないが、僕がそんなことを言えば、さっきに輪をかけて気持ち悪がられるに違いない。その衝撃に耐える自信は、僕にはなかった。

「おー、浅井ぃ！　あと、佐原《さはら》さんやん。どうしたの、具合悪かった？」

元いた場所に戻ると、蘭童が不思議そうな顔で僕らを見た。彼が引き留めてくれていたのかもしれない。サークルの人々はまだその場で輪になって笑い合っている。

ビール、ハイボール、なんて書かれた提灯に照らされた人々は楽しそうでもあるけれど、彼らの笑い声が路地裏から聞こえた笑い声に重なって、僕は疲れ顔で笑った。

「違う違う。佐原さんのこと、他の子と見間違えちゃったんだ。佐原さんは具合悪いらしいから帰ります。僕も、そろそろ帰ろうかな」

「ふーん？」

蘭童は首をかしげたまま、妙にじいっと僕を見ている。

佐原さんはあからさまにほっとした空気を醸しだし、少し間延びした声で言った。

「ありがとぉ、浅井くん。じゃ、そういうことで、お先に失礼します」

深く頭を下げ、駅のほうへと去って行く佐原さんの背中は、うっすらだが煤《すす》けて見える。

やはり心配は心配だ。せめて駅まではついて行くべきなんじゃないだろうか。瀬凪さんと歩くこの街は明るくて気さくだけれど、夜はずいぶんと闇が深い。

「なー、浅井くぅん」

「ひっ！　な、なに？」

急に目の前に蘭童の顔が出てきて、僕は息を呑《の》む。驚いてしまってから、驚き過ぎだな、と気付いた。自然な大学生として振る舞うためには、もっとリラックスして蘭童みたいに答えるべきだ。たとえば、こんな感じで。

「……あのね。念のため言っとくと、僕、口説いてないから」

「キミ、幽霊見える？」

蘭童は淡々と聞く。

僕は口を開けた。言葉は、すぐには出なかった。

蘭童はじいっと僕の目を見ている。しゃれた丸眼鏡の向こうに見える蘭童の目は、ちょっと怖いくらいに黒かった。深いというのでもない。ただ、ぺったりとした黒。

蘭童はその目のままで言う。

「そしたら、相談したいことあるんだけど」

◇

「いやー、よかったよかった。浅井みたいなんがいてほんとよかったわぁ！」

蘭童の明るい声が、地下通路に淡く反響する。

僕はよたよたと彼の後ろをついていく。

ここは大学内でも、今まで僕にはまったく縁がなかったところ。サークル棟だ。

N芸術大学は東京二十三区の端っこにあり、体育や実習など一部の授業を除いては一年から四年までの全員が同じ校舎に通う。学部は、美術、音楽、映画、放送、演劇、写真、文芸の七つ。変形した敷地に、学部ごとの校舎と図書館、ホールがひしめき合っている。郊外型の大学と違って潤沢に土地があるわけではないので、サークル棟があるのは地下。敷地の隅っこにある階段を降りていった先にある、というわけだ。

正直なところ、ここへはもっと明るい気持ちで来たかった。

青っぽい蛍光灯に照らされた灰色の廊下を眺め、僕は気乗りしない声を出す。

「半端霊能者のいいところなんてタダだってことくらいだよ。にしても、四月にして二人目の霊感持ちに会うってどういうこと？　芸術大学って、霊能者が多いのかな」

ぼやく僕に、蘭童は小さく笑った。

「多いのか、隠さんから目立つのかはわからんね。ふつうの人間は自分をふつうに見せたいけど、こういうとこ来る人間はそうでもない。ちなみにボクの霊感はたまーに見えるか見えないかのやつよ。雑魚中の雑魚」

「僕だって雑魚だけど。やっぱり金払って除霊頼んだら？」

「やぁだ。金取る除霊は概《おおむ》ね詐欺やもん」

妙にきっぱりと言われ、僕はちょっと驚く。

「そうなの？　お金取るからには、専門知識と実績があるんじゃない？」

聞くと、蘭童は珍しいものを見る目でまじまじと僕を見た。

そして、いきなり僕に抱きついて叫ぶ。

「浅井くん。好きっ！」

「えっ。ありがとう。僕も割と好きだよ。好きに十六段階あるとしたら、七くらい」

「半分以下やないかいっ！　あー、やっとつっこめたわ。すっきり」

蘭童はわざとらしく怒鳴った後、ほっと息を吐いて僕を押しのけた。

そのままずたすたと歩き出す背中はどことなく丸まっていて薄暗い。着ているものは赤にレモンが散っているアロハなのだから、やはり霊的なもので陰っているのだろう。

煤けた背中で、蘭童はのんびりと喋る。

「キミは、あれやな。あんま騙《だま》されたことも騙したこともない、という感じがする。だから安心や。除霊なんてのは一番ひとを騙しやすい商売やで。なんでと思う?」

「対象が『普通は見えないもの』だからかな。いないものをいるっていうのは簡単」

「それもある。それもあるけど、一番の理由は、客がみんな不安、というところ。不安な人間を騙すのは簡単よ」

そう言った蘭童の背で、もやっと影が濃くなる。君も不安なのか、と聞いてみたくなったけれど、僕はどうにか踏みとどまった。そういう面倒なことを聞くには僕と蘭童の付き合いは浅すぎる。その浅さで心霊相談には乗るのかと言われると返す言葉もないのだけれど、僕の胸には瀬凪さんの言葉が刺さっているのだ。

『四月のうちにぴちぴちの友達作らないとキツいよ』

『私みたいになっちゃうから』

瀬凪さんのような才能ある長身美女になれるなら腎臓のひとつやふたつ、と思うが、生活だけをコピーするはめになるのはごめんだ。サボり、酒、寝る、の生活を回避するためには、持てるものはなんでも使おう、そう思ったわけだ。

まだ昼過ぎだからか、サークル棟は静かなものだった。

地上のざわめきだけが遠く聞こえ、左右に並んだ扉はめったに開くこともない。

色とりどりな張り紙は、ミステリー研究会から始まって、聖書購読会、ブロック遊び部、釣り部、りんご研究会、アスレチック同好会、消しゴム飛ばし愛好会と続いていく。消しゴム飛ばしというのは、ボールペンのカチッとするところで消しゴムを飛ばす遊びのことだろう。僕も小学校のころにはやった覚えがあるが、サークル活動としてあれをやるというのはいかなる状況なのか。

首をひねる僕に、蘭童が話しかけてくる。

「このサークル棟、昔は倉庫だったたって知ってる？」

僕はサークル棟の扉から視線を引き剥がし、先を行く蘭童に聞いた。

「知らないけど、まあ納得の転用かな」

「転用というか、学生が戦って、倉庫をサークル棟として勝ち取ったんだそうな」

「戦って。それってつまり、学生と大学が戦ったってこと？」

少々驚いて問いを投げたのち、記憶の奥深くに『学園闘争』という単語がぽかんと浮かんだ。なるほど、これはあの時代の話なのだろう。

蘭童はゆるいボトムのポケットに両手を突っこみ、意味もなくくるくると回る。

「そゆこと。なんでも戦って勝ち取る。そういう時代があったんやねえ。自分らにはイマイチぴんと来んけど、話し合いじゃどうにもならんことが多いことくらいはわかる。ってわけで、サークル棟には本来の倉庫として使われてる部屋もある。ここかな」

最後の一回転の勢いのまま、蘭童はひとつの扉にもたれかかった。扉には『映画学部備品倉庫』というプレートがくっついている。

「んで、ここに出るのよ」

上目遣いで言われた途端、耳がぴりっと痛んだ。

耳のこの感じ、アパートの部屋の怪異と対決したときにも何度も感じたものだ。やはりこれが、僕の怪異の気配を感じた徴《しるし》なのかもしれない。そう認識してしまうと冷たい恐怖が腹の底ににじんできて、僕は軽く深呼吸した。

「形がはっきりしてるやつ？　それか、声だけとか、感触だけとか？」

平静を装って聞けば、蘭童はわざとらしく唇を尖《とが》らせる。

「えー、拍子抜けやん。もうちょい駆け引きみたいなんはないの？　ボクが嘘吐《つ》いてる可能性とかについてはつつかんの？」

「最初から疑ってないよ。蘭童って怪異に関しては明るさが無理矢理だろ。怪異が本物かどうか自信がないひとって、大体そういうノリになるんだ。怖さと恥ずかしさがぐちゃぐちゃになるんだろうね」

「ほー。キミ、案外分析的なんやね。それに、心霊相談に慣れてる」

意外そうに言う蘭童は、目だけちっとも笑っていない。真っ黒な目が僕をじいっと見つめてくるので、僕は少し気合いを入れて彼のことを見つめ返した。

「中高では友達の相談を受けるくらいはしたよ。成功も失敗もしたけど、どっちにしろ友達は離れていった。普通の人は、嘘吐きとも霊能者とも付き合いたくないらしい」

「いきなり重い話ぶちこんでくるなや。前置き、前置き！」

「ごめん、でもまあ、気にしてないから安心して」

僕は誠心誠意で言ったのだが、蘭童はものすごく微妙な顔だ。

「安心できるかなあ。今の話、どこで安心するんかなあ？　……まあええわ。詳しいツッコミはここの怪異見たあとに。まとめて二時間半くらいみっちりやるわ。まずは中、入ってしまおう。ちなみに、ここに出るのは『顔だけ』らしいで」

どうにか気を取り直した様子で、蘭童はドアノブに手をかける。

緊張の水位が一気に上がり、僕は鳥肌が立つのを感じた。顔だけ、というのは一体どういうことだろう。ガチャ、と重い音がして、鋼製であろう扉が、ゆっくり開く。部屋の中がじわじわと見えてくる。

同時ににおいが押し寄せてきた。淡い埃《ほこり》のにおいと、湿ったにおい。土の中だ、と思った。見た目は案外汚くはない。広さは六畳間くらいだろうか。白く塗られた壁にはスクリーンや暗幕を巻いたものが立てかけられており、リノリウムの床には段ボールが積み重なっている。さらに、たたまれたパイプ椅子がいくつか。

ものは多いが、案外明るい。一面の壁が天井近くで斜めになり、小さな天窓がついているおかげだろう。埃もひどくないし、どこを見渡しても、『顔だけ』は、ない。

「そんなに嫌な感じはしないね。窓もある」

僕は少々ほっとして、ここならギリギリ暮らしていけるな、と思った。実際に暮らす必要などないのだけれど、思っていたよりは大分感じのいい場所だ。耳も痛まない。

「なあんだ、なんもないやん」

蘭童もあからさまにほっとした声を出した。

一歩、二歩。僕はゆっくりと倉庫の中へ歩み入る。

体がとっぷりと土のにおいに包まれて、天窓の青さが目にしみた。

「ここの怪異、蘭童自身が経験したわけじゃないんだね？」

振り返って聞くと、蘭童はちょいと肩をすくめた。

「そ。今はどこぞの先輩の体験談が新歓で広まってる状態。授業で使う用具を片付けに来るときに怪しいことが起こるんや言うて、映画学部の女の子たちはきゃーきゃーよ。おかげでみんな片付け嫌がってしもて、しゃーないから僕が引き受けた」

蘭童の声は明るいけれど、やっぱりちょっと上っ滑りしている。足も敷居をまたいだところで止めたまま、彼は続ける。

「なんもないならなんもないで『霊能者呼んだけどなんもなかったでー』って言ってやりたかったんよ。今年の倉庫番をボクがやるのは構わんけど、それだけやと来年また同じことになる。こんな騒ぎ、毎年やるのはばからしい」

「蘭童。いい奴だな」

僕は正直にコメントした。蘭童の考えは思った以上に真っ当であったし、僕を過信しないところも、高額な本物霊能者を呼ぼうとしないところもバランスがよかった。中高のころの友達もこうだったなら、と思いかけて、さすがにそれは酷であると考え直す。

蘭童は僕のコメントが意外だったのか、目を丸くしたあとに顔を真っ赤にした。

「そうそう。ボクは映画学部のヒーローよ。そろそろ気合いで空飛ぶかもしれん」

赤い顔を隠さずに冗談を飛ばす彼は、大層かわいげがある。そのことも言葉にして伝えたい気がしたが、それより僕にはやるべきことがあった。

僕は改めて地下倉庫を見渡した。

改めて見ても怪異の気配は感じ取れない。とはいえ噂《うわさ》になっているのなら、噂のもとはあるはずなのだ。そのもととは、一体何か。

試しに、瀬凪さんみたいに考えてみよう。

「怪異には、現れる条件や周期がある」

「ほ？　条件？　周期？」

いきなり喋り出した僕に、蘭童が少し驚く。

僕はうなずき、考えながら続けた。

「生きた人間や動物に生活習慣があるのと同じだと思う。僕のアパートの怪異も、起こるのは必ず夜中の決まった時間だった。それで気になったんだけど、ここの怪異は『片付けのとき』に目撃されたんだよね？」

「なるほど。確かに『片付けのとき』って話しか聞いとらんわ。したら、その時間限定で怪異が起こるかも、ちゅーことか」

蘭童は勘が鋭い。

僕はうなずき、少し考えたのちに、おそるおそる提案した。

「僕は夕方までここで怪異を待ってみるけど、蘭童は、どうする？」

「——ってことがあってな！　言うてやったの。そんなんキック忍者やないかい！　て」

「待って、キック忍者って何？　キックする忍者？」

「それ！　両手に武器持ってるのに、基本キックだけ繰り出しながら近づいてくるのよ。おもろいでしょ」

けらけらと蘭童が笑う。その顔に深い陰影が生まれたのを見て、夕方が来たんだな、と思った。見上げれば、天窓から差しこむ光はすっかり強いオレンジ色だ。

蘭童は『怪異を待ってみる』と言った僕に一も二もなく『一緒に待つわ』といい、それから、くだらないことをどんどん話してくれた。

意外だったのは、口数のわりに身の上話がなかったことだ。

あらゆる噂が街を駆け巡る地元ならともかく、東京の大学に集った人間は、どこ出身でどのような生い立ちなのか想像もつかない。あげくここは芸術大学だ。作品作りというのはそもそも自分語りの延長に近いものだから、芸術を目指す学生も、もっと自分語りが好きなのかと思っていた。

そういえば瀬凪さんも生い立ちの話はあんまりしないな、と思いながら、僕は蘭童に質問してみる。

「蘭童って映画学部だよね？　どういう映画撮りたいの？」

「あ、映画学部だったたね、ボク」

「あ、って。監督になるんじゃないの」

「いやぁ、監督になれるのなんて一握りよ。オーケストラの指揮者みたいなもんやからね。音楽大学も指揮が一番難関やし、入っても就職ないし。ボクは脚本目指してるの」

にこにこと小首をかしげて答える蘭童に、僕はびっくりしてしまった。

「脚本？　じゃあ、ほとんど文芸みたいなもの？」

「そうそう。教養はほとんど授業かぶると思うから、仲良くしたって？」

もちろん、と答えながら、僕は淡い違和感を抱える。今、蘭童は話の流れを変えた。学部の話はするが自作の話はしたくないのだろうか。まだ一年生になったばかりだ、自作に対する考えは定まっていないのかもしれない。少なくとも僕はそうだ。

受験期はあまり小説を書いていなかったし、大学に入ってからもまだ一文字も書いてはいない。心のどこかではいまだに一般企業に就職する四年後を夢みている気がする。他の道を選ぶとしても、僕が作家としてテレビ番組のブックランキングコーナーに出ているところは想像がつかない。

そんなことを考えていたら、耳が妙にかゆくなった。

「浅井。なんか……」

蘭童の声が、低い。

「蘭童？」

ぎょっとして蘭童を見る。さらに声を出そうとして、異常に気付いた。

僕の声もうめくようにしか絞り出せない。

息苦しい。呼吸が。酸素が足りない。自分の喉をつかむ。

はっ、はっ、はっ。はーっ……。すー……。

落ち着けば、どうにか。長い呼吸ができた。

鼻の奥に、妙に食欲をそそるにおいが入りこんでくる。どこかで肉でも焼いているんだ、と思って、僕はぶるりと震える。ここは地元の住宅街でも駅前の飲み屋街でもない。誰も肉なんか焼いていない。

気付けば耳がしびれていた。怪異の徴。怪異が来る。来ている。ある。

どこに？

ガシャン、と音を立てて、パイプ椅子が転がる。蘭童が椅子を蹴って立ったのだ。

はっ、はっ、はっ。肩で息をしながら、蘭童は壁を見ている。

普段は笑いじわの中に埋もれている目が、限界まで開かれて壁を見ている。

そこだ。きっと、そこにある。

見たくない、と思った。見たくないけれど、蘭童をひとりにはできない。怪異は蘭童の責任じゃない。いくらでも無視できたはずだ。なのに蘭童は無視しなかった。解決しようとした。立ち向かおうとした。逃げなかった。

だから、僕も、蘭童をひとりにしない。

「蘭童、びびるな。怒れ。こっちは生きてんだ。死んでる奴らなんか、邪魔なだけだ！」

かき集めた怒りをくすぶらせながら、僕は低く叫ぶ。

蘭童の返事はない。僕は蘭童のほうを見られない。代わりに壁を凝視していた。

壁。そう、倉庫の、壁。さっきと違うのは、一筋の夕暮れの光が差しこんでいるところだ。光は壁の細かな凹凸に遮られて陰影を生む。

それが全部、顔だった。

顔だ。顔がある。

壁に顔がある。

真っ黒に焦げついたみたいな、顔がある。

拳大の小さな顔が、倉庫の壁を埋めている。

段ボールや暗幕の横からも、真っ黒な目で、こちらを見ている。

「なるほどな。なるほど。そういうことね」

蘭童がつぶやいている。でも、何を？

「ああ、そう。そうか。……出したる」

蘭童の声が少し大きくなったかと思うと、つかつかと壁際に歩み寄った。そのまま蘭童は巻かれたスクリーンを抱える。僕はぎょっとして駆け寄った。

「おい、何やってんだ！」

「手伝え」

素っ気ないセリフ。

蘭童の横顔が異様に冷えているのを見て、僕は薄ら寒くなった。

怪異からは、逃げるのが普通の反応だ。怪異に寄っていく奴は、大体ヤバい。

「手伝わねえよ！」

僕が叫ぶと、蘭童は唇だけで笑う。

「そ？」

軽く流した蘭童は、立てかけられたスクリーンと暗幕の束を、次々蹴り倒した。

ぐらり、ごろごろ、備品が雪崩を打って倒れていく。

埃が舞い散り、耐えがたいほどの土のにおいがして、息苦しくて、僕は、息がしたくて、外に出たくて、出たくて、出たくて、派手に咳《せ》きこんだ。

「っ、は、げほっ、ごほっ、ごほ……」

僕は自分の喉をつかみ、必死に壁を見上げる。

スクリーンと暗幕で隠されていた壁にも、彼らはいた。

顔。

顔。

顔。

顔。

壁面の顔はスクリーンがなくなると、真っ黒な口をいっせいに開いて、すう、はあ、と、浅い呼吸音を立てた。

◇

その晩、僕は夢をみた。

多分、夢だと思う。

呼吸が苦しくて目を覚ますと、そこは闇なのだ。寝る前につけておいたはずの常夜灯も、窓の外にぼんやり見えるはずの街頭の明かりも、何ひとつない。

ただひたすらにのっぺりとした闇の中に、呼吸音だけが聞こえる。

すう、はあ、すう、はあ。部屋中で誰かが呼吸している。

六畳間の限界までひとが詰まって、すう、はあ、すう、はあ、と、呼吸している。

これだけたくさんいたら身動きがとれなくて当然だ。生暖かい息が顔にかかる。腕にも、太ももにも、生暖かい体がぎゅっとくっついてくる。こんなところで横たわっていたら迷惑だろうと思い、僕はベッドの上に起き上がって足を抱える。

「……出たいなあ」

すぐ横から声がした。不思議と恐怖は感じないまま、僕は聞いた。

「どこから？」

「ここから」

「なるほど。狭いですもんね」

「狭いねえ。出たいねえ」

「外は晴れですよ」

僕はなぜかそんなことを言い、窓のほうを見る。窓の外は青かった。ペンキをぶちまけたような青の真ん中に、ぽかん、と雲。

夏の空だ、と思った。

「知ってるよ。……出たいなあ」

隣の人はそう言った。僕は隣の人を見た。

窓から差しこんできた光が、隣の人を明るく照らし出していた。隣の人はカーキ色の軍服みたいな上下を着た男性だった。肌はとても赤い。というか、多分、肌はないのだった。すっかり黒焦げになって、ちりちりになってくっついているのが皮膚だったもののなのだろう。服の隙間から、白い脂肪と赤い肉がまだらに焼けたものが見えている。

むわっと、甘い腐臭が湧き上がった。

ミーン、ミンミンミン、と、どこかで蟬《せみ》が鳴いている。

隣の人が僕を見る。

あ、顔には肌があるな、と思った直後、顔の皮膚がべろんと剝がれた。

「うわあ！」

自分の叫び声で目が覚めた。ベッドから転がり落ちて、浅い呼吸を繰り返す。

いつも通り、見慣れた六畳間だ。窓を見た。磨《す》りガラスごしに、鈍い朝の光が差しこんでいる。外に茂っている木々と、ブロック塀の輪郭が薄ぼんやりと見えた。この窓から見える景色はいつもこうで、あんなにも鮮やかな青い空が見えるわけがない。

今みていたのは夢だ。夢。夢に決まっている。だが、ただの夢とも思えない。

僕は耳をごしごしこすりながら、アパートの天井を見つめる。

「落ち着け。僕は、昨日、蘭童と映画学部倉庫の怪異をのぞきに行って。壁にびっしりはびこった顔を見たあとは、えーっと……多分、蘭童を引きずって校門をくぐった。そうだよな？」

ひとりでぶつぶつとつぶやく。記憶が徐々によみがえる。そうだ、僕らは怪異でいささか変な興奮をして、その後ぼうっとしてしまって。

そのまま街に出て、蘭童とはうやむやのまま別れてしまったのだった。

「……蘭童は？」

彼も、同じような怖い夢をみているんじゃないだろうか。そう思うとおそろしく気がせいた。僕は死者の気持ちに引きずられるのには慣れている。でも、ひとによっては『引きずられすぎる』。蘭童の真っ黒い目を思い出すと、あまり安心はできない。

枕元のスマホをひっつかむが、蘭童からの連絡はない。

瀬凪さんに相談したい、と思った。

昨日の怪異のこと、今朝の夢のことをぶちまけて、僕や蘭童に何か憑《つ》いてきていないか、あそこに居たのは何だったのか、すべて聞いてみたくてたまらない。

明らかな依存だった。僕は初めての霊感仲間に頼りすぎている。

瀬凪さんは万能の聖女ではない。僕の怪異を自分が引き受ける、と言ったときの瀬凪さんの顔を思い出すと、すとんと覚悟が決まった。

「――よし、自分でどうにかする！」

低い声で気合いを入れ、押し入れから裾の長い白シャツを取る。黄ばんだ三点ユニットバスでシャワーを浴び、体と顔を洗うと同時に歯を磨き、白シャツに黒ズボンのいつもの格好を整えて、部屋を飛び出す。

考えろ。さあ、考えろ。まずは何をする？

蘭童のフォローからか。

「『おはよう。悪い夢みた』、と」

下降気味の絵文字をつけて、蘭童のＩＤにメッセージを送る。

既読がつく前にスマホをポケットに押しこみ、僕はぐるりと周囲を見渡した。

いつの間にか駅前まできている。コンビニやモーニングサービスをやっているファストフードくらいしか営業を始めていない時間だ。こうして見ると、シャッターを閉めた駅前の建物はかなりぼろい。それぞれが傾き、支え合いながら建っているような長屋に、ゲームセンターや飲み屋の看板がついている。ここは結構古い町だ。

この間、僕は瀬凪さんに教えてもらった。怪異にも過去がある。建物にも過去がある。ならば、この町にも、N芸術大学にも過去はある。

あの倉庫は、サークル棟は、N大は、いつからあそこにあるんだ？

「調べるか」

僕はつぶやき、もう一度スマホを取り出した。

蘭童へのメッセージは既読になっていたが、返信はなかった。まずは蘭童が生きていることだけはわかった。僕は少しだけほっとして、新しいメッセージを打ちこむ。

『大学図書館に行く。倉庫の辺りに、昔居たひとのことを調べてくる』

打ちこみながら歩き出し、途中から走り出した。

気がせいてせいてしょうがない。今まではこんなことはなかった。怪異相談を受けても怒鳴って追い払うだけだったから、その場での成功か失敗かしかなかった。今の僕は他の方法を知っている。瀬凪さんに教えてもらった方法。

知ることだ。

死んだ相手も、いつかは生きていた。人間なのだから、知ることはできるはずだ。

ほどなく僕は開門直後の大学に到着した。サモトラケのニケのレプリカがあるホールを抜け、図書館棟の階段を上がっていく。図書館棟は大学の中でも古い建物で、モダンな巨大ガラスも、これみよがしにナチュラルな素材も使われておらず、コンクリートとリノリウムで冷たく頑健な造りだった。

これはこれでよいものだとは思うのだけれど、今日はかび臭さと土臭さが鼻についた。僕は何度も鼻先を手のひらで払いながら、書架の間を歩いて本を集める。いつもは小説の棚を見て終わりだけれど、奥に分け入ると図書館の空気が変わる。『資料』としか言いようのない、書類を綴じただけのような簡単な冊子や、古びた本が並んでいた。

「N大の歴史……江戸の古地図……」

背表紙をなでていった視線が、途中で止まる。僕は何冊か吟味したのち、薄い写真集を一冊、自家製本めいたちゃちな冊子を数冊、書架から引き抜いて閲覧用の机についた。

何ページかめくったところで、ふっと目の前が暗くなる。

「あーざいっ。何見てんの？」

頭上から声が落ちてきた。僕は弾《はじ》かれたように顔を上げる。のぞきこんでいた蘭童と、バチッと視線があった。なるほど、パフェでも食べさせたい顔だ。

「何？　そんなに見つめられたら恋に落ちるけど、ええの？」

「蘭童、夢をみた？」

「だから、無視しないで？　ボクのボケを拾って、なんでもしますから！……はー……」

蘭童はいつもの調子で喋り始めて途中であきらめ、ぐったりと隣の椅子に座った。

僕は蘭童のほうに、労《いたわ》りの視線と大判の本を押しやりながら言う。

「みたみたいだね。僕もみたよ、怖い夢」

「それって、つまり、ボクら呪われたってこと？」

どんよりと暗い目が僕を見た。

ひやりとした気持ちを押し殺し、なるべく軽い調子で首を振る。

「わからない。蘭童もみたなら何か憑いてきた可能性はあるけど、今のところ明確な悪意は感じないな。あそこにはたくさんいたから、ついくっついちゃった、的な事故かも」

「事故でも憑いてるもんは憑いとるんやないかい！　さらっと言わんといて、デリカシーない！　はぁ……。で、自分何やってん。これ、何？　魔除《まよ》けには見えへんけど」

蘭童はどうにか明るい調子を保って叫び、僕が押しやった本を眺める。古い写真が何枚も配置され、細々と解説の入った写真集だ。レイアウトのセンスはなんとなく古い。

僕は写真を指でなぞりながら説明を始めた。

「これはN芸大の写真学部の先生が作った本。大学を作る前と、後の、この町の記録が集められている。つまり、大学以前にここに何があったかわかるんだ」

「ほーほーほー。そういうことか。戦前の風景やね」

話を聞くと蘭童も興味を惹かれたようで、熱心に写真集をめくり始めた。ぺらり、ぺらりと出てくる写真はどれも黄ばんだモノクロで、引き延ばされているせいかひどくぼやけている。まるで景色の幽霊だ。僕は横から写真集をのぞきこみ、慎重に言う。

「戦前のこのへんはお屋敷街だったみたいだね。川があって、塀があって。あとはひたすら、瓦屋根の海だ」

「当たり前だけど、みんな瓦葺《かわらぶ》きの平屋か二階建てやな。景色が完全にあれ、アニメの『風立ちぬ』やん。あれってやっぱ、かなり正確に再現されてんのね」

顎をなでながらつぶやく蘭童。僕はうなずき、別の薄い冊子を広げる。

「こっちは校舎を一部建て替えるときに作られた行政資料だよ。埋蔵文化財調査をしていて、その記録があった」

「埋蔵物。埋蔵金的な？　お宝があるかどうか調べたってこと？」

大判の冊子に印刷されているのは、地図と、ひたすらに長いリスト。

膨大な文字を爪でなぞりながら、僕は続けた。

「お宝っていうか、史跡、遺跡調査だね。地元でも、美術館を作ろうとしたら遺跡が出ちゃったって話は聞いたことある。で、結構びっくりしたんだけど、遺跡って東京のど真ん中でも結構出るみたい。大学の真下じゃないけど、公園では古墳と貝塚が出てる」

「ほー。ほんとだ。おもろい」

無邪気な歓声を上げた後、蘭童は顔をしかめて僕を見る。

「……ってことは、サークル棟の下に何があったかわかってもーた、てオチ？」

「うん。あったよ」

「ほらー！　ほら、あったやん！　何あったの？　呪い人形出た？　それか、人骨？」

蘭童が椅子から飛び上がって叫ぶと、さすがに受付から「静かに」と声が飛んだ。僕は蘭童が首をすくめて座り直すのを待って、なるべく落ち着いた声を出す。

「ここから出たのは、お皿のかけらがたくさん。あと、調理用具とか、井戸の跡だ」

「ってことは、料理人が埋められた？」

神妙な顔で言う蘭童は、本気なのか冗談なのか、判別がつきづらい。

仕方がないから、僕も神妙な顔で返した。

「普通に、古いお屋敷があったっていうことだと思うな」

「普通のお屋敷……だって幽霊、あの量やで？　シリアルキラーお殿様だったん？」

「その可能性もあるけど、僕がみた夢からすると違うと思う。蘭童もみなかった？　僕は夢の中で土のにおいを感じた。あのサークル棟で感じたのと同じにおい。恨みはなくて、ただ、『出たい』っていう気持ちだけは、びんびん伝わってきた……」

夢の話を出した途端、蘭童の顔はすうっと白くなる。彼特有の浮かれた明るさが奥へ引っこみ、代わりに無表情が表に出てくる。分厚くもろい仮面をかぶったかのようだ。

いかにも急造といった感じの仮面をまじまじと見つめて、僕は彼が生い立ちを語らない理由を見つけたような気分になった。彼は自ら仮面をかぶった男だ。取り繕っていない蘭童、蘭童の本当の気持ち、感情、生い立ち、そういうものをすべて隠している男だ。

そして今、その仮面の上の装飾が剝がれた。

仮面自体にも、ヒビが入る。

蘭童は笑おうとした。

頑張って笑おうとした。

彼の顔は、彼の表情筋は、彼を裏切った。

泣き笑いにも似たぐちゃぐちゃの顔になって、蘭童は言う。

「そーね。ボクの、みた夢は……」

「ごめん！　やめよう！」

僕はとっさに蘭童の腕をつかんで叫んだ。蘭童はわずかにひきつる。

「え、何？　聞いてみたり、やめよう言ってみたり」

「気が変わった。夢のことは思い出さなくていい。変なところに刺さったんだろ？　トラウマ的なやつに。だったら無理しないほうがいい。あとは僕がやる。怪異ってやっぱり怖いんだよ。怖くて当たり前なんだ。僕だって怖いけど、慣れてるから。だから、やる」

僕は繰り返した。ほとんど勘だけれど、そうしなくてはいけない気がした。それくらいに今の蘭童はもろく見える。守ってやらなければいけない。

「浅井、」

蘭童はがさついた声を出した。他にも何か言うつもりだったと思う。けれど結局何を言うこともできなかった。蘭童は浅い息を吐き、全身全霊をかけていつもの派手な笑顔を作る。その顔はそのまま固まることはできず、彼の笑顔は崩れていく。

「……ありがとな」

蘭童はどうにかそれだけつぶやき、だらだらと泣き始めた。

◇

「それで結局、私のところに来た、と」

泥色ジャージの瀬凪さんは、箱の中のカラフルおはぎを凝視しながら言う。

僕と蘭童は、半分くらい片付いた瀬凪さんの部屋にいた。ふたり並んで正座し、土産のおはぎを置いたちゃぶ台を挟んで、深々と頭を下げた。

「瀬凪さん、早々に頼ってしまってすみません」

「浅井から、瀬凪先輩が心霊のプロだと聞いて来ました。よろしくお願いします！」

「全然プロではないねぇ。でも、偉いぞ」

「えーと？」

何を言われたのかよくわからず、僕はおそるおそる頭を上げる。

蘭童が図書館で泣いてしまった時点では、僕は倉庫の怪をひとりで片付けるつもりだった。けれど、蘭童が納得しなかったのだ。だらだら泣きながらも僕の裾を放さず、「ボクもやるから」と繰り返した。

こうなると自由が利かない。怪異で心弱った蘭童を守りつつ怪異と対決するのは、ひとりでは難しい。人手が要る。怪異事件に役立つ人手と言ったら、とにもかくにも瀬凪さんである。というわけで僕らは飲み屋街の隙間でやっているおしゃれおはぎ屋に突撃し、手土産を買って瀬凪さんの部屋に来たのだ。

頼みの綱の瀬凪さんは、今、僕らの前で丁寧におはぎを切り刻んでいる。

「とっととひとに頼れるってのはねえ、偉いんですよ。ふたりともひとりで背負いがちなオーラしてるのに、頑張ったね」

「瀬凪さんって、オーラも見えるんですか？」

僕は声に尊敬の念をにじませて言う。瀬凪さんは即答した。

「見えない」

「そんな気はしてました」

僕はため息を吐き、ちらりと蘭童を見る。蘭童ならこういうときはどうつっこむのか気になったからだが、彼は冗談を封印しているようだ。

蘭童は身じろいで正座し直し、固い声で言う。

「瀬凪先輩。ボク、この怪異、どうにかしたいんです。真剣に」

「どうするかねえ。切り刻む？　追い払う？　捕まえる？　他の人に憑けるかな？」

瀬凪さんの言葉は重なるごとに陽気さをはらみ、両の頰はほんのりと色づいた。うっとりと何者かに恋する瞳になっておはぎを口に放りこむ彼女は、完璧にかわいらしかった。

僕は少々落ち着かない気持ちになるが、蘭童はひたすらに真面目だ。

「成仏させてやりたいです。あのひとら、あそこから出たいんですわ。浅井くんも夢にみたって言ってますけど、ボクも、みたんです。夢ん中で、壁ん中のひとたち、出たい、出たい、言うとった。あそこには、浮かばれないひとらが塗りこめられてます」

蘭童の持論を聞きながら、瀬凪さんはひたすらにおはぎを食べる。彼女は食べている間はけして喋らないので、僕がそっと口を挟んだ。

「塗りこめられてるっていうのは比喩だと思います。僕も多分同じ夢をみたんですが、出てきたのは戦争中のひとたちでした。太平洋戦争のときに、あそこにいたひとたちかと思います」

「ふむー。ってことは大学ができる前の霊か。大学ができる前、あのへんはお屋敷が建ってたんだっけ？」

瀬凪さんはついにおはぎを平らげ、ペットボトルのお茶を開けながら言った。

僕は深くうなずく。

「蘭童が映画の『風立ちぬ』の話をしていて思い出したんですけど、震災のときに広いお屋敷の庭が避難所になってるシーンがあったと思います。いや、寺だっけ？」

「寺ちゃうか？　どっちにしろ、住宅密集地では広い庭があるお屋敷や寺が避難所になっとったんやな。そゆとこは防空壕《ぼうくうごう》も、でかいの掘っとったやろ。……で」

蘭童は勢いよく喋り出したが、段々と口が重くなる。途切れた彼の言葉を拾い上げるように、僕は続けた。

「爆撃で、防空壕が埋まったのかもしれないよね。サークル棟はその跡地にできたのかも。亡くなったみんなの上に、コンクリートで蓋をする形で……」

僕が言うと、蘭童はうめくような声を出す。

まずかっただろうか、と思って僕は口を閉じた。

蘭童のトラウマは、どうやらこのへんに深く繋《つな》がっているらしい。これ以上様子がおかしくなるなら調査から外すべきだろう。

僕が考えこんでいる間に、瀬凪さんはすっくと立ち上がった。

「じゃ、一発、行きますか！」

僕は虚を衝《つ》かれ、慌てて自分も立ち上がる。

「どこに？　現場です？」

「うん、現場。倉庫。蘭童くんは映画学部だって言ってたね？」

あえて気楽な声を出しながら、瀬凪さんは押し入れを開けた。僕はぎょっとして、蘭童の視線を遮るように身を乗り出す。あのどピンクの布団を見られるのは嫌だったのだ。

蘭童は少し驚いたようだったけれど、すぐに瀬凪さんに答えた。

「そうです。倉庫の鍵はボクが持ってます」

「照明器具は？　倉庫にある？」

「照明。多少はありますが。使うんです？」

「そう。まあ、自前でも多少持って行くか。よいせ！」

どかん、とすごい音を立てて、巨大なハードケースが目の前に出現した。僕は思わず目を見開く。いかにも硬そうで、重そうだ。

「すごい。スパイ映画でしか見たことないやつだ」

「スパイ映画でもこのサイズは見ぃへんやろ。重いでしょう、ボク持ちます」

蘭童がすばやく言ったので、慌てて僕も追従する。

「僕も、荷物持ちくらいならいくらでも」

「とりあえず照明は蘭童くんに頼もうかな。行くんは、そのへんにある水を何本か持ってきて。きっと暑いから」

言われてみると開封済みの段ボールが目についた。あれがケース買いした水だろう。僕は五百ミリリットルの水を三本取り出してデイパックに入れ、いよいよサークル棟へと向かった。

時刻はちょうど昼下がり、おやつにちょうどいい時間。カリキュラムの組み方によっては暇な学生が増える頃合いだ。三人でサークル棟へ続く階段を降りていくと、ちらほらと人影が目についた。ちなみにこれは、すべて生きている人間である。

「おっ、瀬凪さんじゃないすか。ちぃーす」

いかにも体育会系といった見た目の虎刈《とらが》り男が、瀬凪さんに向かって直角に頭を下げる。おおよそ芸術大生とは思えないタイプであり、僕は少々驚いた。

「おぉ、田柄《たから》の筋肉～。元気そうで何より」

瀬凪さんはへらりと笑い、虎刈り男に手を振る。相手はにかっと笑い返した。

「筋肉以外にも挨拶してやってくださいよ。照明抱えて、撮影っすか」

「ちがーう。カメラ持ってない。照明だけ」

答える瀬凪さんの声が急に素っ気なくなる。何事かと思って横顔をうかがうと、瀬凪さんはおそろしいほどの真顔であった。緩んでいないときの瀬凪さんはまさにモデルじみた美人だ。僕のような凡人は思わず気圧《けお》されてしまう。

田柄と呼ばれた筋肉男はめげる様子もなく、のんきに笑って答えていた。

「あ、照明の練習っすね。もし撮影再開したんだったら、是非、俺の卒業制作撮って欲しいんで。いつでも教えてください」

「まだそれ言ってんの。百年早いよ、私が撮りたいものを作れたらおいで」

「もちろんです。必ず作りますんで、よろしくお願いします！」

馬鹿でかい声をわんわんと響かせてお辞儀をすると、田柄は勢いよく階段を駆け上がっていく。僕と蘭童はなんとなく身を寄せ合って田柄を避けた。

瀬凪さんは何事もなかったかのように倉庫まで進むと、僕らに両手を振る。

「ほら、蘭童くん、開けて開けて〜」

呼ばれた蘭童が、ハードケースをがちゃつかせて瀬凪さんに追いついた。

「あのぉ。ちなみにこれ、何か特殊な照明とかですか？　梵字《ぼんじ》が書いてあるとか」

蘭童の問いに、瀬凪さんはあっけらかんと答える。

「全然。普通の照明器具」

僕からしたら『さもありなん』としか言いようのない反応だが、瀬凪さん慣れしていない蘭童はおそるおそる問いを重ねた。

「普通の照明器具で除霊って、できるんですかね？」

「できないよ」

即答したのち、色っぽく笑う瀬凪さん。あまりほいほい他人に見せるような表情ではないと思うが、似たような顔を初対面に近い僕も見せてもらったので仕方がないのだろう。彼女は普段から、生きた人間よりも怪異を見つめているのかもしれない。

蘭童はそれどころではないらしく、青い顔のまま叫んだ。

「ですよね！　じゃあ、なんで照明？」

「説明より先に鍵だよ、鍵。こっちは据え膳で唾液がジャブジャブ出てるところなんだから、早く貸して」

瀬凪さんは蘭童から鍵を奪い、無造作に倉庫の扉を開ける。

僕も慌てて追いつくが、相変わらず土のにおいがすさまじかった。なんならこの間より強くなっているかもしれない。生臭いような、青臭いような、あきらかに野外のにおいだ。

「んふふふふ。これは、土だねえ」

瀬凪さんもつぶやき、わずかにうるんだ目を細く、細く尖らせていく。

蘭童はというと、ひっ、と息を吞んで棒立ちになってしまった。

二人の間から、僕はおそるおそる室内をのぞきこむ。今日はひときわ、天窓からの光が赤い気がする。ペンキ塗り立てのような赤に染まった壁。

そこには、黒い顔がある。顔、顔、顔。黒い目や口をぼんやりと開き、ところどころ隣と癒着しながら延々と連なる赤と黒の模様は、全体がやけど痕のようにも見えてくる。

まるで部屋全体が人間で、肌が焼け、剝がれかけ、赤い肉が見えているような……。想像が僕の体温を奪い、肺にはべったりと土のにおいが張りついた。

すう、はあ。呼吸するたびにもろもろと口から土が出てくるような感覚。

すう、はあ。やっぱり、ここにいる。

苦しんで死んだひとたちが、いる。その苦しみが、そのまま焼きついている。

「明るくしようか」

瀬凪さんが言う。僕は、何度か息を吐く。

吐いたら、やっと吸えて、今までひどく息苦しかったことに気付く。頭が酸欠らしき症状でくらくらした。

「明るく、って」

僕はどうにか問いを投げた。

瀬凪さんはいつものようにうっとりとした顔で、懐かしむように壁を見ている。怪異というより、大好きな古い知り合いか親戚を見ているような顔だった。今にも『こんにちは、最近具合はどうですか』とでも言いそうだった。

けれど今回の瀬凪さんは、すぐにしゃっきりとした。

「蘭童くん、手伝って。照明の基本はわかる？　この壁の影を、全部消す」

そう言った瀬凪さんの背筋はぴんと伸びていて、指示もはっきりしている。

腰が引けていた蘭童も、その声に弾かれたように背筋を伸ばす。

「照明はテキストぱら見しただけですけど、指示もらえれば動きます」

なるほど、映画学部と写真学部は照明に関しては同じことを学ぶのだ。こうなると、部外者は文芸学部の僕ひとりだ。僕は突っ立ったまま、遠慮がちに聞く。

「影を消すって言っても、この部屋、暗くはないですよね、自然光が入って……」

「行くんは倉庫の片付け、手伝って。そっち側の壁を全部空けるよ」

「はい」

瀬凪さんの指示に従い、僕は大急ぎで壁の暗幕を片付ける。途端に眼前を顔の群れが埋め尽くし、土のにおいが湧き上がった。とっさに顔を背けたものの、うめき声が漏れる。

「うう……」

「がんばれー行くん。もう少し、だ、よっとぉ！」

その間にも瀬凪さんと蘭童は働き続ける。ケースを開け、照明器具を取り出し、電源に繋いでいく。瀬凪さんが、バチン、と照明のスイッチを入れると、写真撮影用のライトが、かっと強い明かりを宿す。

すさまじい光量だ。僕は一瞬、何も見えなくなった。

まぶたを閉じても、まだ明るい。

真っ白な光の真ん中から、うっとりとした瀬凪さんの声がする。

「光があれば影ができる。それがこの世の摂理だよ。だけど複数の光を組み合わせれば、影を消し飛ばすことも可能になる。写真学部の課題で、新聞紙一枚を完璧に写真に撮る、っていうのがあってね。最初は泣きながらやったもんだ」

そこまで語って、ふと瀬凪さんの声は思索の影を含んだ。

「私たちがここで見ているのは超常的な影だ。だけどそれって、一から十まで超常現象なのかな。それともここには元から凹凸と影があって、そこに死んだひとの思いが載って、超常的な影を視認させたのかな。私に超常的な影は消せない。――でも」

バチン。最後の照明がつく。

「元からここにある影は、消せるんだよ」

きっぱりと言い、瀬凪さんは背を正した。

僕と蘭童は、並んで壁を見ていた。

「あ……」

消えた。……ない。

ひとつも、ない。

さっきまであった顔が、ひとつ残らずなくなった。

「――スクリーンや」

蘭童がつぶやく。

わかる、と思った。壁一面が様々な照明器具で照らされて、どこもかしこも完璧に明るい。壁一面、真っ白な四角。非日常的な光景。映画館のスクリーンの感じだ。

地下室に漂う埃っぽいにおいも、どことなく古い映画館じみている。

そして。

「あ。においが、よくなりましたね」

「ほんと、土のにおいが薄まったわ」

蘭童が大げさに鼻をうごめかせ、何度かうなずく。

瀬凪さんはそんな僕らを眺め、うっすらと笑って言った。

「ここに天窓があるのは知ってたから、夕方だけ壁に映る怪異っていうのが気になったんだ。サークル棟の窓は西向き。で、怪異の出る壁は西からの光が入る位置にある。だったら夕方の光の入り方が影響してるんじゃないかな、ってね」

今回の瀬凪さんの解決は、かなりスマートだった気がする。僕はいくらか興奮気味に声をあげた。

「さすがです、瀬凪さん。夜だったら部屋に入る前に電灯をつけるでしょうけど、夕方の光があったらまずは自然光だけで壁を見る。だったらこれからは電灯でずっと明るくしておくか、真っ暗にするか、どっちかにしとけばいいんだ。完全解決じゃないですか」

もっと褒めたいところだけれど、褒めるための語彙が足りない。僕は口をつぐんで語彙を探り始め、瀬凪さんはなぜかちょっとうつむいた。

蘭童は、と見ると、腕を組んで壁と相対している。

「せやなあ。だけどずうっとこの照明つけてるわけにはいかん。熱くなるし、ひとがついとらんと危ないからな。となると、窓塞いで暗くするほうが簡単ですけど」

けど、と言って黙りこんだ蘭童は、どこか暗い雰囲気だ。

僕はそんな彼の横顔を眺め、次に瀬凪さんを眺め、最後に、明るい壁を見つめた。

出してやらな、と、初めてこの怪異を見た蘭童は言った。

あげく、暗幕やスクリーンを取り除きすらした。

ひょっとすると蘭童は、最初からここの人たちを助けたいのかもしれない。この怪異に彼が感情移入する理由は謎だが、助けたいのならここを暗くしてしまうのは逆効果だろう。ここにいる人たちは生前も空に憧れながら地中に潜り、死後もずっと暗いところに居続けて、できることなら外に出たいと願っている人たちだ。

かといって壁をぶち壊すわけにもいかず、まばゆいほど明るくし続けるにも無理がある。となれば、もっと他の発想が必要だ。僕と彼らが共存し、双方が相手をそれなりにやり過ごせる方法。

もしくは、共に、心地よくなれる方法。

「映画、見てみるとかは、駄目ですか？」

思いつきが、そのままぽろっと口から出た。

「映画？　なんの？」

瀬凪さんが怪訝《けげん》そうな顔で僕を見る。蘭童は逆で、ぱっと腕をほどいて顔を輝かせた。

「浅井、そう！　それよ。ボクもそれ、考えてた」

「マジか、やっぱりそうだよな。映画館っぽいなら、映画館にすればいいよな」

「ん？　ん？　テレパシー？　テレパシーの輪に先輩も入れて欲しい」

不思議そうにきょろついている瀬凪さんに、僕は丁寧に説明する。

「つまりですね。暗くしたり明るくしたりしたら、僕らはこの壁の影が見えなくなる。でも、ここにいる人たちはなんにも得をしないじゃないですか」

「得。得はしないね、確かに」

返事は適当だけれど、先輩の目はじっと僕を見ている。

この言葉は届いている。そう思えたから、続きを言うのは怖くなかった。

「だから、映画をやるんです。この壁に、映画を映す。僕は彼らを外に出してあげることはできないけど、映画のスクリーンって他の世界に開く窓みたいじゃないですか。ここからいろんな景色が見れるじゃないですか。この壁をスクリーンにしたら、僕らは壁の影がはっきり見えなくなるし、ここのひとたちは映画を楽しめるんじゃないかなって。……そういうの、ダメですか？」

◇

「いやー……終わったなー」

「終わってしもたな……」

「ありあり。これはありよりのあり。私は断固支持するね。若者たちは？」

古いソファから身を乗り出して、瀬凪さんが言う。どこかムキになっている様子の彼女に、僕と蘭童はうっすら笑った。顔を見合わせた結果、僕が先に語り出す。

「まず、僕らはリアルタイムでこのシリーズを追ってないので、瀬凪さんと同じ感想を持つのは難しいんですが。子ども向けＳＦが難解な神話的展開をするのは面白かったですね。最終的に人間的な物語に帰結するのも、ある種現代の神話と言えるでしょう」

「むずかしーわ、文芸学部。このアニメ映画四部作のええとこは、アングルやろ。しれっと気色悪いアングル山ほど使うんがすごいです。これがまた、よくよく見ないと気色悪いてわからん。さらっさらっと気持ち悪い。素の変態やな、監督は」

結局途中から乱入してくる辺り、蘭童も相当喋りたかったようだ。実際、今回見た映画は賛否両論ある話題作だ。

瀬凪さんは瀬凪さんでソファに座り直し、手振り身振りで力説を始める。

「二人とも見方が真面目で狭い。そうじゃないでしょ、大事なのは。大事なのは主人公の人生だよ。どのヒロインとくっついたか、だよ」

「さらに狭いじゃないですか。その点に関しては、僕も言いたいことがあります」

「もちろんボクもや。ええんか？　言ってええんか⁉」

横並びにソファに並んだ僕らが身を乗り出し、額を付き合わせたところに、ノックの音が響く。続いて、間延びした講師の声。

「おぅい、コン研。瀬凪はいるかぁ」

「ん、顧問ちゃんか」

瀬凪さんが半眼になり、ふらりとソファから立ち上がる。

僕らが様子をうかがっていると、瀬凪さんはドアを半分開けて、長身ひょろ眼鏡の講師とぼそぼそ話し合っていた。漏れ聞こえる会話の内容は以下のような感じである。

「部室の具合どう？　変なことは起こってない？」

「一切ございません。何かあっても私が常駐してますんで、即対処しますよ。安心してくださぃ。実際、空気よくなったでしょ」

「まあね、そうね。とはいえ、こっちとしちゃ、あんまり常駐はされたくないんだけどねえ。そろそろ卒業しろよ、瀬凪ぁ」

講師の言葉に意識を持って行かれかけたところで、蘭童に肩をつつかれた。

「なー、行ちゃん」

「いつの間にそういう呼び方になったの？　何？」

ちらと見ると、蘭童は意味深な顔で耳元に囁きかけてくる。

「まだ聞けてないんやけど、先輩って何才で、何年生？　明らか留年組やんな」

「四年のはずだけど、何才かは僕も聞いてない」

「そうなの⁉　部屋行き来する仲で？」

蘭童の目が丸くなるのを至近距離で眺めながら、僕はちょっと決まり悪くなった。

蘭童から見た僕と瀬凪さんの関係は今ひとつ想像しかねる。事実は見たままなのだけれど、見たままを見られるひとはとても少ない。この壁だってそうだ。プロジェクターで映画を映されている今はスクリーンに見え、夕暮れ時には幽霊の顔が浮かぶ怪奇スポットに見える。けれど本質的には、単なる凹凸がある壁なのだ。

「部屋を行き来してるのは、怪異退治と掃除のためだよ。それに、別に何才でも先輩は先輩だからいいかな、って」

「はぁ〜……」

その、いかにも万感の思いをこめたため息はなんだろう。

僕がちょっと非難がましい視線を浴びせると、蘭童は照れ隠しみたいに笑った。

「行ちゃんって、おせっかいなのに全然相手のプライベートに踏みこまんのね。ボクに対してだけかと思ったら、みんなに対してそうなんや」

「そうかな。先輩とも蘭童とも、ずるべたに引っついて付き合ってない？」

結構本気で僕は言う。

あれから僕らは『コンテンツ研究会』という同好会を立ち上げた。

さすが大学というかなんというか、部員三人以上と顧問を確保すれば、至極簡単にサークルを立ち上げられるのがN芸術大学だ。手続きがすいすい進むところまでは想定内。元映画学部倉庫をまるごと部室にもらえてしまったのはさすがに想定外だが、そこは瀬凪さんの謎の先輩力を讃《たた》えておくべきなのだろう。

肝心の怪異については、相変わらずこの部室にそのまま残っている。

映画を映していなければ、あの顔の模様は見える。

とはいえ、壁に映画を映すようになってから、部屋の雰囲気はびっくりするほどよくなった。蘭童も、出会った当初よりずいぶんリラックスした様子だ。やっぱり笑顔はわざとらしいけれど、好きにやっているんだな、という感じのほうが強くなった。

「うーん。引っついてはいるけどな。ボクなぁ、ここの幽霊話するとき、明らかに様子がおかしかったやんか。つっこまれて当然の態度、山ほどとったと思う。なのに何も聞かれんの、そわそわしてしまって」

ソファにしなだれかかる蘭童を眺め、僕は少し考えこむ。

蘭童の態度について、思うところがないと言えば嘘になる。幽霊たちへの異常なほどの感情移入と、この部屋の怪異への過剰反応。『出したる』というセリフ。

おそらく蘭童は『土に埋まること』への恐怖心が大きい男だ。埋まる恐怖は土葬の国ではメジャーな恐怖だろうが、ここは日本である。蘭童はひょっとしたらいささか特殊な体験をしたのかもしれない。自分が埋められたことがあるのかもしれないし、知人が埋まったことがあるのかもしれない。事件か、事故か、災害か。

僕らの国は災害大国だ。可能性が高いのは災害だろう。蘭童は関西人。年齢で絞れば被災した可能性の高い災害はわかるだろうが、わかったところでなんになるのか。

死んだ人に関しては過去を調べるしかないが、蘭童は生きている。これから付き合っていくうちに生い立ちについて知るかもしれないし、知らないかもしれない。付き合いが続かなかったなら、それもそこまでだ。

考えた末に、僕は短く問う。

「聞かれたいの?」

蘭童は困ったように頭を掻《か》いて答えた。

「そういうのともちょいと違うねんな」

「だったら僕は、そういうことを聞くのは十年後くらいでいいと思ってる」

「はー……」

蘭童は驚いたように僕を見た。彼の顔には笑みもなければ白い無表情もない。素の顔だ、と思うと嬉しくて、僕もちょっと笑って言った。

「ちなみに僕、十年続いた友達って皆無だよ」

「この流れでそれ言う⁉　なんなん？　ボクとも長いこと付き合わんってこと？　それとも人生初の、十年ものの友達にしてくれるっていう話？」

「そうだな。可能なら、十年もののほうがいいなあ」

僕が考え考え答えると、蘭童はうめいてソファに転がった。

「はあー！　ほんと！　ほんと、行ちゃん、それ、あかんやつ……」

「おっ、蘭童くん、顔真っ赤じゃない。かわいいねえ。行くにん口説かれたの？　ってか気になってたんだけど、蘭童くんって出身どこ？」

戻ってきた瀬凪さんは、なぜか矢継ぎ早に問いを投げる。蘭童は、助かった、とでも言いたげな顔で答えた。

「茨城です」

茨城か。茨城。……茨城？

僕は目を剝《む》いて蘭童を見る。

「え、ちょ、蘭童、関西じゃなかったの？」

「こんなテキトーな関西弁の関西人、おる？」

蘭童はにやにやして僕の脇腹をつついてくるが、僕は笑うどころではない。

「知らない。純正関西人ってものに初めて会ったから、てっきり……いや、実際には全然純正じゃなかった、ジェネリック関西人だったのか」

「ジェネリックに申し訳ない言い方やな。パチモンとかでええで」

「パチモン……パチモンだったのか、蘭童……パチモン……」

「連発しすぎやで！」

僕がショックを受けてぶつぶつ言っていると、蘭童は笑って体当たりをかましてきた。ぱったりソファの反対側へ倒れた僕を見下ろし、瀬凪さんが軽やかに笑う。

「いいじゃん。自称パチモン関西人蘭童くん。ギラギラしてて」

「え……えぇー……いいですか……？　いいですかね……」

「行ちゃんはいつまでショック受けとんの。ギラギラついでに記念写真撮ろー。『コンテンツ研究会』設立記念ですわ。ほれ、行ちゃんこっちー。瀬凪先輩こっちー」

ジェネリックだかパチモンだかのコミュニケーション力で、蘭童は僕を叩き起こした。そのまま彼は両腕に僕と瀬凪さんを抱えこみ、スマホを取り出す。

「位置的に自撮りキツいな。瀬凪さん、撮ってもらってええです？」

気楽に言って、蘭童は瀬凪さんにスマホを渡した。

瀬凪さんも気楽に受け取り、指先で操作する。

「ボタン押すだけ百万円ね」

「高っ！　はい、チーズ！」

「昭和か」

僕がぼやいたのと同時に、瀬凪さんの指先が蘭童の持つスマホに触れた。

カメラアプリの自撮りモードが、かしゃり、とレトロなシャッター音を響かせる。

そのとき、僕は、一瞬ぞわっとした。

なんだろう。振り返って壁を見るものの、特に異常はない。部屋のにおいもきれいだ。

気のせいかな、と思っていると、瀬凪さんが笑った。

「あー、ごめん。やっぱ駄目だったわ」

「駄目ってどういうことで、うわっ！」

気楽な調子で写真を確認した蘭童が、叫ぶ。

手にしていたスマホが滑り落ち、リノリウムの床に転がった。

僕は床を見る。床の上に落ちたスマホにはさっきの自撮りが映し出されている、はずだった。でも、そこにあるのは顔だ。大きな、大きな、口を開けた顔だ。

僕ら三人の顔の位置に、大きなゴミ袋をふくらませたくらいのサイズの顔がある。青白くてまん丸なその顔は、押し合いへし合いしながら大口を開けている。口の中は黒い。ぽかんとした眼窩《がんか》も黒い。子どもが作った工作みたいな顔がみっつ、こちらを見ている。

「忘れてた。私が撮ると、みんなこうなっちゃうんだわ」

瀬凪さんが柔らかすぎるような声で言い、落ちたスマホを拾い上げる。彼女は素早くスマホを操作した。おそらくは写真を消したのだろう。

瀬凪さんはただただきれいな顔で微笑《ほほえ》んで、スマホを蘭童に差し出した。

「ごめんね。もう撮らないから」

瀬凪さん。

僕は心の中でつぶやく。そして、沈黙する。

心の中ですら、何を言ったらいいのかわからなくなる。

僕は今、察してしまった。写真学部の瀬凪さんが、めったに写真を撮らない理由。写真学部を卒業できずにいる理由。頼まれた撮影を断る理由。

瀬凪さんは今、心霊写真しか撮れないのだ。

第三話　ピアノ・デュオのためらい

「浅井《あざい》くん、上手いねえ」

「どういう意味で、ですか」

聞き返すと、老教授は眠そうに瞬《まばた》きをした。

周囲からは、くすり、という笑い声と、しらけた沈黙が湧き上がる。

――やってしまった。

僕はぐっと息を詰め、手元のプリントを握りしめた。

四月も半ばをすぎて、大学では通常授業が始まりつつある。僕の通うN芸術大学文芸学部は、小説書きやマスコミ、つまり、雑誌の編集者や新聞記者を育てる学部だ。様々な教養科目と同時に一年生から実作のゼミが始まる。

雑誌や新聞に興味はない僕だから、選んだゼミは消去法で小説実作ゼミとなった。

本日のゼミは課題で書いた超短編をゼミ生全員で読み合い、評価し合うというものだ。

「意味ねえ。深いことを聞くねえ。確かに上手さには色々あるよ」

山羊髭《やぎひげ》をなでながら喋《しゃべ》る教授は妙にお洒落《しゃれ》で、ゼミのたびにループタイが替わっている。

ゼミ室には八人の一年生がおり、パイプ椅子を円く並べていた。

そのうちのひとり、恰幅《かっぷく》のいい男子学生が口を挟む。

「浅井くんの上手さは、本が好きなんだなっていう上手さっすよね。ドクショカ」

今のドクショカは確実にカタカナのドクショカだった。明らかな揶揄《やゆ》である。文芸学部の実作ゼミで読書家が揶揄の対象になるというのはどういうことだ。

いらだったけれど、僕に議論する気は一切なかった。そもそも揶揄の相手をするのは議論ですらないし、実際僕は本が好きだし、僕が出したショートショートは三時間で書いたやっつけ仕事だ。批判したいならするといい。

「それもわかるね。たくさん本を読んで書いた文だ。そこはとてもいい。だがねえ」

教授はあくまでのんびり喋る。

だが、なんなのか。うっすら不安になって顔を上げると、さっきドクショカ、と言った奴がにやにやと僕を見ている。さすがに少々腹に据えかねた僕は、手元の紙をぺらぺらめくってドクショカ男の書いた文を探した。どんな軽いのを書いているのかと思ったら、紙面は真っ黒だ。

中身を数行読んで、僕はついつい顔をしかめた。これは覚えてる。初読のとき吐きそうになったやつだ。筋もオチもない、エログロ残酷シーンだけの切り抜き。

いくらなんでもこれよりは僕の書いたもののほうがいい。少なくとも筋がある。弱いかもしれないけれど、オチもある。文章だって丁寧だ。僕が書いたのは、小説だ。

教授は続けた。

「浅井くん。君はこれ、正解だと思って書いた？」

「正解、ですか」

僕はバカみたいに繰り返してしまう。

教授は白髭を丁寧になでて尖《とが》らせながら、うなずいた。

「どう？」

どうと言われても、小説に正解はありません。心の中の僕はさっと起立してそう発言していたが、僕の実体はパイプ椅子に座ったままだった。

みんなの課題の束を握った手に力をこめ、何度か唇を開け閉めし、結局つぶやく。

「……わかりません」

「そう。じゃ、次」

教授はあっさりと僕の課題を後ろへ回し、ドクショカ男に視線を向けた。

「君は自分の作品を、どういうつもりで書いたの？」

「これはですね、芸術破壊です。読書家が文章を書く、美術愛好家が絵を描く、そういうものは大体業界のお約束ばっかりになってしまって、芸術とは一番遠いところに――」

僕は驚いてドクショカを見つめる。彼は身を乗り出し、身振り手振りを交えて真剣に語り続けていた。論理は乱暴だけれど熱がすごい。彼の熱はじわじわ僕らを温める。彼の所作はみんなの目を引く。気付けばみんながドクショカを見ている。声を聞いている。もはやしらけた沈黙はどこにもない。みんなが彼のことを考え、ついに、ひとりの学生が口を開く。

「いや、それは乱暴だと思います。私は、小説っていうのは――」

おとなしそうな彼女の苛烈な反対意見に、みんながわいわい話し出す。山羊みたいな教授も、何度もうなずいて嬉《うれ》しそうに髭を撫でる。僕は、僕も、何かを言いたかった。でも、何もなかった。僕には、言いたいことが、何もないのだった。

なるほど、ドクショカと教授の言葉が腑《ふ》に落ちた。僕の小説はそれっぽく書けているだけで、言いたいことが何もない。ただなんとなく書けるだけ。

僕は小説が書ける。けれど、才能はないのだった。

◇

「合評かあ。ボク、大好きやけどな」

「蘭童《らんどう》は陽キャだから」

僕はコンテンツ研のソファに埋もれ、ボードゲームのコマをもてあそびながらぼやく。

「僕はそもそも、小説を他の人に見せるの自体、初めてなんだよ」

「何、投稿サイトとかもやらんかったの」

「それ系やるには色々問題があって。守秘義務とか」

「企業か？　なんや、ボクの思っとる小説と違うな」

蘭童はリノリウムの床に直接座り、ローデスクのポテチを割り箸でつまんでいた。

自分たちだけの場所が大学内にあるというのは、思った以上に気楽だ。僕らは授業の隙間や放課後、時間さえあればコンテンツ研の部室に集合するようになった。

僕はコマをソファの背に並べながら言う。

「中高のときは、実際にされた心霊相談のネタとかを使って書いてたわけ。霊感友達いなかったから、日記代わりに」

「はー、なるほど。それで守秘義務。面白そうやけどな。今日もそういうの出したん？」

「いや、真面目に書いた。専門に勉強するなら、日記はまずいかなって」

僕がつぶやいた直後、並んだコマはばたばたと倒れてしまった。

ふう、とため息をついて壁を見る。

本日の壁に映し出されているのは、赤いバイクが印象的な近未来ＳＦアニメだった。蘭童は何十回も見たらしいが、まだなお食い入るように壁を見つめながら言う。

「なるほどなあ。けどまあ、できたもののリアルな反応を見られるのは快感やないの？　作ったあとにしまいこんだままじゃ独り言と一緒やろ。ぼろくそ言われようが何だろうが、赤の他人に自分の生んだもんを見てもらった、そのこと自体が尊いわ」

「つまり、蘭童は露出狂？」

「どうしてそうなったん！　むしろ、浅井は露出したくないの？」

妙に高い声で問い詰められ、僕は顔をしかめる。

「したかったら、まずパンツはかないだろ」

「パンツははけ！　作品の話や、作品の。リアルでパンツはいてるからこそ、作るもんで脱ぐんちゃう？　読者かて、作者は美女と好青年のほうがいいに決まっとるのよ。そういう人間がとんでもなの書いてるのがサイコーなのよ。浅井はその点いい線行ってる、白シャツ似合うし」

「これ、安いんだよ。むしろ、蘭童の柄シャツはどこで売ってるの？　古着？」

「ビンテージと言え。とにかくウケを狙え、浅井。白シャツ着て、パンツはいて、えげつない小説書いて、動画も配信して、二面性キャラで売れ！　いける気がする」

いつの間にか、作品でも小説でもなく、キャラで売る話になっている。

それって小説家なのだろうか、と僕はぼんやり思う。

蘭童が私生活で自分をさらけ出さない代わりに、作品でさらけ出すタイプなのはよくわかった。芸術家に向いているタイプだと思う。

翻って僕は半端だ。才能がないのはわかってしまったし、これからの四年間をもてあますのは明らかだった。どうにかこうにかごまかして、卒業して、そこそこの会社員を目指して、そのあと僕は、何者になるんだろう？

そこまで考えたとき、ソファの後ろから間延びした声が聞こえた。

「ウケるウケないで、すべてを判断していいのかい」

「瀬凪《せな》さん、そこにいたんですか」

「ひぇっ、隙間女や！」

僕と蘭童はほとんど同時に声をあげ、ソファの後ろをのぞきこむ。ソファと壁に挟まれたわずかな空間にはキャンプ用のマットが敷いてあった。

そこに寝ていた瀬凪さんが、ぬうっと背もたれの向こうに顔を出す。

「ウケるもんが正義なら、私の心霊写真とかバカウケよ？」

重たいまぶたの下で笑いながら、瀬凪さんが言う。

僕はどきりとしたけれど、蘭童は瞳をきらめかせて食いついた。

「せやった！　瀬凪先輩、そっちでデビューはせんのですか？　心霊写真系動画制作者。おおおお、これ、いけると思います」

「いけるとは思うよ。問題は、どこに行くのかだねえ」

答える声がひどく柔らかいので、僕はいたたまれなくなってしまう。

蘭童は、本来の瀬凪さんの写真がどれだけ美しいかを知らない。だから、そんなふうに笑える。彼女が心霊写真動画制作者になりたいなら、とっくにやっているだろう。やらない理由は彼女自身が今言った。彼女の行きたいところはそこではないのだ。

こうも自由に見えるのに、瀬凪さんはまったく自由ではない。

あんな写真しか撮れない瀬凪さんは、どこへも行けない。

「行《ゆき》くんは、どこへ行くつもり？」

不意に瀬凪さんに話を振られて、僕は我に返って顔を上げた。

上げた視線の先に瀬凪さんの切れ長の目があり、僕の声は必要以上にうろたえる。

「わかりません。甲斐性《かいしょう》のある人間になろうとは思います」

「甲斐性！　なんとまあ甘美な響き！　蘭童くん、君のお友達は真面目だよ」

瀬凪さんは必要以上に大声で言い、蘭童は大げさに両手をあげて叫んだ。

「びっくりです、おかーちゃん、行をそんな立派な子に育てた覚えはありません！」

僕は少々むっとして答える。

「なんだよ。いずれ石油掘り当てたら、瀬凪さんだけじゃなくて蘭童のパトロンにもなってやろうと思ってるのに」

「そこで石油なんかい！　小説で一発当てんか、文芸学部！」

力の限り蘭童がつっこんだとき、ぎい、とコンテンツ研の扉が開く。

続いて、やたらとよく通る声が響いた。

「失礼します！　こちら、コンテンツ研究会さんでしょうか」

「そうよー。どちらさん？」

両手をあげたたままの蘭童が、部長然とした態度で問いを投げる。

お客さんはつかつかと部室へ入ってくると、すっと片足を引いて一礼した。

「申し遅れました。私の名は桜小路天音《さくらこうじあまね》。音楽学部二年です。お見知りおきを」

芝居がかったセリフには不思議なくらい抑揚がある。とっさに僕が想起したのはミュージカル俳優だ。それも女性がすべての性を演じるタイプのものの、男性役だ。

お客さんはレース付きのカットソーと細身のパンツに身を包んだショートカット美人で、おそらくは女性なのだが、女性的な男性と言われれば信じてしまう。背丈も女性としては長身の瀬凪さんよりさらに高い。なんなら男性平均を少々上回る僕の背丈と同じくらいだろう。

彼女は長いまつげの下の大きな目で、僕らの部室を睥睨《へいげい》する。初めて来る場所への気後れなんか少しもない。むしろ僕のほうが気後れしてしまいそうだ。

「あまね先輩ですか、かわええお名前ですねぇ。っていうかひょっとして、入部希望です？」

蘭童は完全なマイペースで、ぱっと立ち上がってソファに彼女の居所を作っていた。蘭童のこういうところは単純に尊敬に値する。『交ざりたい』という意思を見せた相手に、即座にウェルカムの気持ちを示せるのは美徳だ。

桜小路は蘭童に向かうと、ハンサムな笑みを浮かべて自分の胸に手を当てた。

「よくおわかりですね。そうです、私はこのサークルに入部するために参上いたしました。そしてもうひとつ、この胸には切実なる願いを秘めております」

「ん、喋りが個性的ですね。文芸学部、こういうのキミの得意分野やろ？」

そうやって僕まで巻きこんでくれる蘭童は、ほとんど人間空気清浄機だ。

「どうかなあ。シェイクスピアは走れメロスくらいしか完読してないけど」

僕は僕なりに精一杯ウェルカムなセリフを吐いたつもりだったが、桜小路はあからさまに僕から視線を逸《そ》らす。これはいわゆるひとつの、無視というやつだろうか。無視されることは幼稚園の頃から多々あったが、大学に入ってからは初めての経験だ。

戸惑って見つめていると、桜小路が僕の傍らを見ていると気付いた。

彼女が見ているのは、瀬凪さんだ。

桜小路の瞳はうるさいくらいに光り輝き始め、彼女は不意に直角のお辞儀をした。

「私の姫君、瀬凪ほのかさん、私、あなたに、一目惚《ひとめぼ》れいたしました！」

「……えっ」

「ん？」

「あらぁ」

僕はあっけにとられ、瀬凪さんは首をかしげ、蘭童は笑みを深める。

辺りには沈黙が満ち、その中をただひとつの言葉の余韻がさまよっていく。

一目惚れ。古典的な病で、這《は》い上がれない沼。

それを、この人が、瀬凪さんに？

「一目惚れって、いつ？」

瀬凪さんが妙に明るい声を出したので、僕はいささかぎょっとした。傍らを見ると、口元を押さえて嬉しそうな瀬凪さんが立っている。驚きはあるにせよ迷惑そうではなく、むしろほんのり頬を赤らめて前のめりだ。

僕はぽかんとして言葉を失う。その間に、桜小路はよどみなく攻め立てる。

「率直に申し上げてよいならば、新歓期間です。机出しの端っこで、あなたは段ボールに入っていらした。そうっと膝を抱えて、ぼうっとどこかを眺めて、孤独の化身みたいな姿で。私、先輩の孤独を見た瞬間に運命を感じました。私が先輩を満たす人間なのだと」

まるで元から用意してきたかのように詩的な文句だ。少々恥ずかしいセリフのような気もするが、桜小路の喋り方が堂に入っているから気にならない。それにしても段ボールというのはどういうことだ。瀬凪さんはそんなことをしていたのだろうか。

新歓期間というのは、大学が各サークルに認めた新入生勧誘期間のことになる。大学中にサークルのポスターがあふれ、指定の通路にずらりと勧誘の長机が並ぶ祭りのような日々のことだ。今年のそれは、僕が電話の怪と戦っている間に過ぎ去った。

僕はおそるおそる口を挟む。

「でも、僕らのコンテンツ研究会は新歓後の設立です。新歓の時点で瀬凪さんは帰宅部だったはずだから、段ボールに入っていたのは、ただの趣味だと思いますよ」

「せやな。孤独とか運命とか、そんなご大層なものはなかったと思う」

蘭童も断言してくれて、僕は少しばかりほっとした。

ところが、当の桜小路はひるまない。僕からはあえて視線を外し、蘭童に向かって熱心にうなずきながら続ける。

「瀬凪先輩が当時ふざけていただけなのは存じ上げております。先輩に一目惚れしたあとに、先輩のことは全部調べあげましたから。先輩が写真学部であること、もうすぐ六年生であること、最近コンテンツ研究会を設立されたこと、全て存じておりますよ」

「怖っ！　キミ、ちょっとこわない!?」

今日ばかりは蘭童が僕の完璧な代弁者だ。僕が蘭童を拝んでいる間に、桜小路はきゅっと肩をすくめて言う。

「瀬凪先輩という運命に、私がぴったりとはまるための下調べです。私は礼儀知らずではありませんから、ご心配なく。もしも私が礼儀を知らない人間ならば、毎朝瀬凪先輩のアパート前で張りますね。そして新鮮な花束を抱え、偶然を装ってぶつかります」

「いやいやいや、そこは食パンじゃないんかい！」

つっこむ蘭童の誠実さには拍手をしたいが、花でも食パンでも自宅を調べあげられて突撃されるのは恐怖でしかないだろう。この調子では、僕が同じアパートに住んでいることもバレていそうだ。

というか、さっきから僕が無視されがちなのは、そういうことなのだろうか。瀬凪さんと一緒にやったことといえば怪異退治と掃除なのに、一足飛びで恋敵認定されてしまったのだろうか。それはあまりにも僕にとって不公平ではないだろうか。

僕はすがるような目で瀬凪さんを見たが、瀬凪さんは桜小路を見て囁《ささや》く。

「桜ちゃん。私、あなたのこと覚えてる」

からかうような声は甘く、桜小路の大きな目は限界まで開かれた。

「本当ですか？」

漫画キャラみたいな華やかな顔に向かって、物憂げな美貌の瀬凪さんが目を細める。

「本当。私もあのとき、運命だなって思ったから」

「……瀬凪先輩」

桜小路の声がかわいそうなくらい震える。

その震えだけは芝居がかっていなかったので、これは本気なのだな、と腑に落ちた。桜小路は本当に瀬凪さんを愛している。一目惚れ。それは病で、這い上れない沼。僕がはまったまま迷子になっている沼と同じ沼。

「で？　桜ちゃんは私にどうして欲しいの？」

瀬凪さんはさらりと、とんでもないことを聞く。

桜小路は見るからに体をこわばらせた。さっきまでは堂々としたミュージカル俳優然としていた姿が、みるみる縮んで小さな少女になってしまったかのようだ。緊張した桜小路は、妙にちょこちょこと瀬凪さんに近づいていった。

「私は、あなたの瞳の中に住まいたいです。つまり、あなたの視界に入れて欲しい」

「うん。見てるよ？」

「ありがとうございます。けれど、もう少し踏みこんだ意味なのです。私はあなたの孤独の中に入りこんで、そこに住みたい。あなたを孤独ではないようにしたい」

「うん。……うん？　それってつまり、結婚したいってこと？」

瀬凪さんが首をひねったので、僕はついに叫んだ。

「それはないでしょう、さすがに！」

「私は！　そのつもりです！」

間髪容《い》れずに桜小路が叫んだので、僕は凄《すご》い顔をして桜小路を見た。

桜小路はやはりこっちは見ずに、かたくなな顔で瀬凪さんに向かってまくしたてた。

「たくさんの方とお付き合いをすれば、人生は色とりどりに彩られる。けれど私は、花園の中の一輪のバラを枯らすことをよしとはしません。だから結婚いたしましょう、瀬凪先輩。是非とも私にあなたを養わせてください。本気です」

桜小路が発した言葉は華美だったかもしれないが、これ以上ない本気が宿っているようにも思える。結婚という言葉の重さを、桜小路は理解しているようだった。理解しているのに、一目惚れからたった数日でそこまで決意をした。

その速度に僕は完璧に負けていた。

見れば、桜小路と瀬凪さんはいつの間にか至近距離で相対している。瀬凪さんは薄いまぶたを閉じたまま何事かを思案しているようであったが、やがて目を開けると囁いた。

「それって、素敵かも」

サックスみたいな低めの美声に脳天をぶん殴られた気分になって、僕は大いによろめいた。できればこの場でくずおれてしまいたいところだが、僕は風邪ですら二、三年に一度しか引かない十八才男性だ。気絶できない健康優良児は、現実を認めるしかない。

目の前の現実。一目惚れ。告白。告白の受理。

部室に恋人同士の二人がいる現実。瀬凪さんに恋人がいるという現実。

「……おーい、行ちゃーん。聞いとるか、行〜行ちゃーん、ゆっきー」

遠くから蘭童の声がしているのに気付き、僕はいやいや反応した。

「聞いてるよ、ずっと」

「テキトー言うなや。さっきまで、何言ってもボクのレポート並みにうっすい反応だったくせに」

賑《にぎ》やかに喋る蘭童はいつの間にか僕の傍らにいる。そこにはさっきまで瀬凪さんがいたはずだったけれど、と見ると、瀬凪さんと桜小路は部室のソファに並んで座って映画をセレクトしていた。気絶したい。

「行～。行ちゃーん。あーもう」

蘭童は何度か僕の耳元でわめいたあげく、スマホを取り出した。少し経《た》ってから、ぶるっ、と僕のスマホが震えたので、のろのろと取り出してみる。

液晶画面には、蘭童からのメッセージ通知があった。

『瀬凪先輩を飲みに誘いなさい。すぐ。できる限り早く。なんなら今連絡して』

おちゃらけた蘭童の自画像アイコンが、僕に説教している。

僕は自分の白スニーカーアイコンで、ぼんやりと返事をした。

『なんで？』

『なんでじゃない。キミ、勝手に先回りして諦めようとしてるでしょ。そういう癖つけると、なーんにも残らんよ。キミがひとに踏みこまないのも、気が長いのも、みんないいとこ。だけど、その速度じゃ追いつけんものもある。しがみつかんと』

蘭童は僕のためを思って言っているのだろう。それと、多分、僕と瀬凪さんが付き合う寸前みたいな誤解もしてるのだろうと思う。それが本当なら確かにしがみつかなきゃいけない。でも実際のところ、僕と瀬凪さんはなんなんだ？

僕の中には一目惚れがある。

瀬凪さんの中には、何がある？

『でも、よく考えたら僕、瀬凪さんが恋愛するのかも、恋愛対象が男なのかも知らない』

そう打った途端、液晶画面に『それや！』と指を指す犬の絵が出現する。

どことなく蘭童に似た、目のくりくりした犬の下に、メッセージは続いた。

『まずはそれを聞くためだけに飲みに行け！　それくらいの仲ではあるやろ？　瀬凪先輩、あれはやっかいなおひとやで』

やっかいなのはもちろんわかっている、と脳内で反論したとき、新たなメッセージが届く。誰からだろうと通知を見ると、そこには瀬凪さんの名前があった。

心臓が痛いほどに飛び跳ね、僕は大慌てで瀬凪さんのメッセージを開く。

『行くん、気付いてる？』

たった一言のメッセージは意味深で意味不明だ。僕はためらい、指をふらつかせながら瀬凪さんを見る。瀬凪さんは映画を眺めながら、片手間にスマホをいじっているように見えた。桜小路は背筋をぴんと伸ばして映画を見ている。

『なんでしょう？　それはそうと、一度二人で話せませんか。桜小路さんのことで』

意を決してメッセージを送ったものの、僕は考えこんでしまった。

この後はどう続けるのが正解なのだろう。これまでの人生で僕はあまり恋愛に触ってこなかった。恋愛漫画もそうそう読まないし恋愛小説を書くでもない。現実の恋の話を聞くのもどちらかといえば面倒だった。だからセオリーがわからない。

そもそも、地元と東京の芸術大学では、恋の常識が違いすぎるような気がする。

堂々と告白した桜小路と笑って受け入れた瀬凪さんを思い出すと、僕のなけなしの勇気はぐらんぐらんに揺らいでしまった。この先へ進みたくない、と僕の心が言う。この先にはどんな未来があるのだろう。それは甘いか酸っぱいか。

『あ。気付いてた？　憑《つ》いてるよね、桜ちゃん』

僕の逡巡《しゅんじゅん》を断ち切るように、瀬凪さんのメッセージが浮かび上がる。

僕は一瞬ぽかんとしてから、慌てて返信した。

『え？　憑いてるって、幽霊ってことですか？』

『他になんかある？　廊下にいるときからびんびん来たし、足音がおかしかったもんね。本人はすごく歩幅が広いのに、足音はすごくちょこちょこしてて』

『あー！　そういえば、長身なのにやけにちょこちょこ歩くな、とは思ってました』

驚きのあまり声が鼓動が早くなり、体内では驚きがぐるぐると渦を巻いた。桜小路に幽霊が憑いていたのが本当ならば、瀬凪さんが桜小路にうっとりしていたのもそういうことか。彼女の好意は怪異に向いていたのか。

ほっとしていいのか複雑な気分になるべきなのか迷ってると、瀬凪さんは妙なおっさんが首をかしげる画像を送ってきた。

『行くん、桜ちゃんに関してはちょっと鈍い？　それともおなかでも痛かったとか？』

『おなかというより、心臓が痛かったというか』

『心臓に痛覚ないよ？　ほんとにだいじょぶ？　病院紹介しようか、怪異出るけど』

『いえ、僕の心臓は健康です。これ以上悪化するようなら、自力で始末つけますし』

力強く送信した僕のコメントには、山ほどの『？』マークが返される。続いて、瀬凪さんは至極真面目な長文を送ってきた。

『とにかく、桜ちゃんに憑いてるものはどうにかする。怪異は好きだけど、憑かれた状態での告白は失礼だよ。桜ちゃん本人と幽霊、どっちが告白してきてるのかもわからない。しかもあの告白は強引だ。いきなり私の人生に食いこんで支配しようとしてる。そういうことをするんなら、最低限責任は取ってもらう』

『責任ですか』

ひやひやしながら僕は聞く。

瀬凪さんの反応は思った以上に真面目で、恋愛観は予想外だった。彼女は多分、桜小路が軽々しく瀬凪さんを養うと言ったのが気に入らないのだ。それは愛ではなく、支配だと思うひとなのだ。僕も石油王になってみんなを養いたいだのなんだの言っていたから、正直身が縮むような思いだった。

瀬凪さんはソファに座ったまま、ちらっと僕に鋭い視線を寄こす。

同時に新しいメッセージが届いた。

『そう。私、彼女から幽霊を引き剝がす。彼女をひとりにしてから、もう一度はっきり話し合う。行くん、付き合ってくれる？　桜小路さんの幽霊退治に』

僕はスマホ画面を見つめて意を決し、返信はせず、瀬凪さんに向かってうなずく。

◇

「桜小路ちゃんを調べるったって、音楽学部なぁ。音楽学部だけはなぁ」

蘭童は思いっきり顔をしかめて机を抱える。桜小路来襲翌日の朝一番は一年の必修授業、『保健体育』だ。この授業ばかりは学部も何も関係なく、あらゆる一年生が階段教室に集まって講義を聴く。僕は去って行く人々を横目に、蘭童に説明を続けた。

「調べるってほどじゃないよ。生きた人間のことを調べるの、下手したら違法の領域になっちゃうし。蘭童はコミュニケーションおばけだろ？　桜小路さんの噂《うわさ》をどこかから引っ張れれば、と思ったんだけど。音楽学部苦手？　もう蘭童の悪名がとどろいてる？」

「ちゃうー。あそこは異世界なんよ」

「異世界」

　愚かしく繰り返してしまったが、答える蘭童は大真面目だ。目の前に両手で大きな円を作りながら力説する。

「そう。ボクら、学部は違えどなんだかんだカラーは一緒やん。人間のタイプを円グラフで十六分割したら、大体同じところに入るやん」

「二つに分けたら別のところに入る自信はあるけど、十六なら、まあ、うん」

「でしょ？　だけど、音楽学部だけは違う。あそこは、こう、天上。山の手。裏口に御用聞き来てる家しかないというか」

「ああ、経済格差の話？」

「はっきり言うなや。だがな、まさにそれや」

　蘭童はびしりと僕を指さした。そういう話ならなんとなくはわかる。

　前提として、N芸術大学は学費が高額だ。特別な設備も多いから仕方ないかと思いきや、設備などまるでいらない文芸学部まで高い。その時点で恵まれた家庭の子どもが多いのだが、音楽学部はまたさらに一段ハードルがある。音大に入るには、幼少期からよい楽器とレッスンを与えられる必要があるらしいのだ。

「音楽系はかかってる金が違うって言うもんな」

僕が言うと、蘭童はヘドバンみたいに首を振った。

「そうそうそう。話すとびっくりするよ。ボクらだったら、ゲーセン行こ、駅前の餃子《ギョーザ》食いに行こ、ってなるところで『うちにお茶をしに来ませんか』とか言い出すんだわ。で、そのお茶、なんだと思う？」

「お高い紅茶とか？」

軽い気持ちで答えた僕に、蘭童は激しく食いついてくる。

「茶の湯や。自宅行くと、洋風のリビングにいきなり変形茶室が現れるんや。こう、収納かなぁと思うとったところからずるずるーと畳とか出てきて、合体して、すぽーん！　と炉が出て……おかしいやろ？　そんなことのために家変形させるか、普通？」

「普通ではないけど、この時期にもう友達の実家行ってる蘭童も普通ではないかな」

「そこは行ったり行かなかったり、風の噂で聞いたりや。ま、そういうことで音楽学部は特殊やから、期待せんで待っといてな。桜小路も瀬凪先輩のこと調べとったんやから、こっちの調査も痛み分け程度のレベルにしとく」

蘭童は言い、てきぱきと荷物をまとめて次の教室へと去って行った。あそこまでまくしたてた割に調査を断らない蘭童は、根本的に他人に対して知ることが好きなのだろう。

さて、では、僕は僕にできることをしよう。

集まった情報を見渡して、考えて、まとめること。そう考えると、怪異対策のやり方は小説の書き方に似ていると言えなくもない。

僕はPCルームへ足を向けた。この後は授業のない空き時間なので、どこかで時間を潰す必要がある。普段なら部室に行くところなのだが、桜小路がいるかもしれないと思うと足は遠のく。

「浅井くんじゃん」

PCルームに入った途端、スレンダーな短髪女子に声をかけられた。

僕は相手を見つめて記憶を整理する。

「沢木《さわき》さん。ゼミの？」

「そうそう。浅井くんは、課題？」

PCルームは、特別な施設らしい施設を持たない文芸学部唯一の専用施設だ。僕らの世代は自分でPCを持っていない人間も珍しくないから、制作に使えるPCを解放しているわけだ。

沢木は、オフィスじみた部屋の隅っこに数人集まっている中のひとりだった。邪魔しないように反対側の隅の席に荷物を置き、僕は当たり障りのない会話を開始する。

「うん。家にもPCあるけど、集中したくて。沢木さんは？」

「ちょっとね、私も作業中。うるさかったら言って」

沢木はいたずらっぽく笑い、周囲の仲間へ視線をやる。ゼミ仲間で集まっているのかと思えばそうでもなく、見覚えのない顔が多かった。まだ四月だというのに、誰も彼もが自分の居場所を見つけている。ひそかに衝撃だった。

「大丈夫。書き始めたら深海に潜るタイプだから」

僕が愛想笑いすると沢木はひとつうなずいて、自分たちの世界に戻っていった。

「で、この表紙、悪くはないよ。悪くはないけど、情報量増やしただけって感じもしない？　ぶわっとさせとけば見られるだろう、みたいな思考停止を感じる」

いきなりマシンガンみたいに喋り出す沢木。周囲にいたひとりが口を尖らす。

「今更それ言う？　かなり苦労して取ったんだよ、このイラスト。SNSでの力もある子だし、絶対に読者を引っ張ってこられるって」

「それはわかる。だけどさ、イラストレーターさんのSNSで引っ張られた人たちをターゲットにするのでいいのかな。もちろん敷居を下げるのは大事だけど、もっと大事なのはメインターゲットに刺すことじゃない？」

僕は半ば無意識に首を縮め、スマホを見下ろした。

ちょうどそこに、ぴろん、と通知がポップアップする。蘭童からだ。メッセージに貼られたのは、『ニューイヤー・プチ・コンサート』のポスター画像。コンサートの主催は

『N芸大音楽学部　アプレ・ラ・プリュイ』とある。

学内コンサートの告知ポスターなのだろう。アプレなんとかいうサークル名は、響きからしておそらくはフランス語。わざわざフランス語でサークル名を作るあたり、確かに音楽学部の性質のようなものが見て取れるかもしれない。

そのまま画像を拡大して読んでいくと、演奏者名に見慣れた名前があった。

ピアノ・桜小路天音。

日付を確認すると、今年の初めごろだ。

『桜小路さん、有名音楽高校出身や。当時のコンテストの記録もネット上にあるし、N大入ってからやった公演の動画もばんばんある。期待の新星やで。ただ、このニューイヤー・プチ・コンサートの記録だけは出てこんな』

蘭童のアイコンが饒舌《じょうぜつ》に喋り始める。僕は感心半分あきれ半分で返信した。

『さすがに情報が早すぎない？　どういう筋だよ』

『筋もなにも、動画SNSのN大音楽学部公式チャンネル見てみ。学生の公演、ほとんど顔出しでアップしとる。ちなみにアプレ・ラ・プリュイも、単体で動画SNSにアカウントもっとった。で、このコンサートだけ動画がないんよ』

「動画が、ない」

思わず口の中でつぶやいて、しばし考えこむ。

動画がないとはどういうことか。撮ったが、撮れなかったのか。撮れたが、公開しなかったのか。前者の場合ならただのミスだ。問題は後者だった場合。公開しない理由が気になってしまう。

ここで思い出すのは瀬凪さんの写真のことだ。瀬凪さんは呪われているせいで心霊写真しか撮れなくなってしまい、卒業制作を終わらせられない。世に出ている瀬凪さんの写真は、心霊写真以外が撮れた時代のもののみだろう。

そして、桜小路にも幽霊が憑いている。

「心霊動画」

口の中でその言葉を転がした。そう。その可能性は大いにある。桜小路の演奏を記録した動画は、心霊動画になってしまったのではないだろうか。

僕はしばし考えこんだのち、瀬凪さんにメッセージを送った。

『瀬凪さん。瀬凪さんのところに、ピアノを弾く幽霊の噂は届いていませんか?』

◇

さて、それから数日後。早朝のN芸術大学には雨が降り注いでいた。

春の雨は妙にぬるく、細く、コンクリート造りの校舎は白くかすんで見える。

僕と瀬凪さんは、校門横の守衛室に学生証を見せた。

「実習の準備です」

瀬凪さんに言われていたとおりに告げると、守衛さんは通用門の鍵を開けてくれる。

「はい、どうぞ」

穏やかな言いように頭を下げて、僕らは構内に入った。

瀬凪さんは大講堂の下のピロティに入ると、持ち上げていた長いスカートを落とす。

「いやー、濡《ぬ》れたねぇ」

のんびりと言う彼女の今日の出で立ちは、薄いクリーム色のニットワンピース。体の線を強調し過ぎない程度に体に添っていて、ちょっとしたパーティーに行けそうでもあり、スニーカーやナップザックをあわせたら大学に来られそうでもある。

かように服のほうへ思考を向けているのはわざとだった。瀬凪さん自身に思考を向けるとバカの感想しか出てこないのだ。今日の瀬凪さんは、きちんとおめかししたうえ化粧しており、しなやかで、きらめいていて、恐ろしいまでに美しい。

僕が通行人だったなら、美しいものを見たと思ってうきうきするだけだろう。しかし僕は彼女の美しさが『これから怪異と対峙《たいじ》する』という期待から来るものだと知っている。

僕はなるべく瀬凪さんから視線を逸らして言った。

「雨の日のスカートは大変ですよね。通気性はよさそうなんで、夏には着たいです」

「わはは、うん、男性にも流行るといいと思うよ、ワンピース。ピアノ聴きに行くなら、それなりの格好ってのがあると思ってね」

瀬凪さんは口を大きく開けて笑い、ずかずかとピロティを進んでいく。僕は慌ててついて行った。早朝の構内はしんと静まりかえっていて、雨の音しかしない。

「それにしても、ピアノを弾く幽霊っていうのは情緒的でいいよねぇ。ちなみに、そういう話は音楽学部からは出てこないんだよ。なんでだと思う?」

瀬凪さんから絶妙な角度で目を逸らしつつ、僕は答える。

「ピアノっていうものが、身近すぎるからですか? 病院関係のひとたちは、病院の怪談は気にしないって言いますし」

「さすが行くん、当たり。変な時間に楽器の音がしても、音楽のひとたちは『誰か練習してるなあ』って思うだけなんだ。今回の『ピアノを弾く幽霊』の噂を収集したのは、行くんと同じ文芸学部の四年生だよ」

「文芸の先輩だったんですか。四年で怪談収集してるって、卒業制作がらみですか?」

「いや、仕事だね。学内で起業してるから、あいつ」

「起業。文芸学部内で、起業」

異次元の言葉を聞いた気分になって聞き返す。瀬凪さんは事もなげに返してきた。

「うん。先代の文化祭実行委員長なんだけど、いいメンバーがそろったからそのまんま学内でイベント会社作ったんだ。怪談収集も夏イベントの一環ってわけ。芸術大学に来たからには、そういう行き先もあるよねぇ」

さらりと言われてしまい、僕の胸の中にはさざ波が立った。僕はいつだって周回遅れだ。僕がやっと居場所を見つけたころには、もうみんな次の行き先のことを考えている。

そうこうしている間に僕らは地下へ降りる階段の前に来ていた。階段はさして広くないコンクリート製で、降り口のそばには古風な掲示板がある。貼られているのは、演劇サークルや、音楽サークルの公演ポスターだ。

「ここ、ですか」

言いながら掲示板を確かめると、確かに蘭童が画像を送ってきたポスターもあった。冬から貼りっぱなしの、ニューイヤー・プチ・コンサートのポスター。

瀬凪さんは胸の下で白い腕を組み、階段を見下ろして言う。

「収集された怪談では、ピアノを弾く幽霊が出るのは水曜日の朝。照明事故で死んだ学生の霊らしいけど、記録は見つからなかった。怪談の舞台になったホールははっきりしなかったんだけど、私はここだと思うんだよね。構内にピアノのあるホールは大小五つ。ただし、ここだけは他と違う特徴がある」

「地下だ、っていうことですか？」

地下にはいろいろなものが溜《た》まる。湿気も、寒気も、重いガスも。暗い思いも、地下へ、地下へと沈んでいくものかもしれない。が、瀬凪さんはあっけらかんと言った。

「違う。ピアノが高級なの。せっかく弾くなら、高いピアノ弾きたいでしょ？」

「そうですか⁉」

僕は思わず叫んだが、瀬凪さんはとっとと階段を降りていってしまった。

僕は急いで瀬凪さんを追いかける。瀬凪さんが分厚い防音扉に手をかけ、力をこめる。

すうっと風が動き、耳がぴりりとした。

霊がいるときの、徴《しるし》。

そして、ぽろん、と、ピアノの調べ。

僕は耳を澄まし、目をこらす。

ピアノの調べは、さらに五月雨的に続いた。

僕らはそっと小ホールに滑りこむ。座席数は五十ほどだろうか。すり鉢状のホールの底に照明に照らされた円形舞台がぽっかりと浮かび上がっていた。スポットライトの下には品のよい艶を含んだピアノが一台。その前に、桜小路がいる。

桜小路は前のめりになってピアノの鍵盤に指を躍らせていた。視線は鍵盤に落ちており、僕らに気付く様子はない。全身でピアノにすがっているようにも見える姿だ。

僕らはしばらく、観客席の最後列で彼女の演奏を聴く。

「これは……」

僕が声を潜めてつぶやくと、瀬凪さんはきっぱり言った。

「下手だね」

「声、大きいですっ」

焦る僕をよそに、瀬凪さんは堂々と突っ立っている。

そうしているうちに桜小路の指がもつれるように乱れ、止まった。

勢いよく顔を上げた桜小路が、瀬凪さんの姿を見つけて叫ぶ。

「瀬凪先輩⁉」

「桜ちゃん、奇遇だねえ。私たち、幽霊のコンサートを聴きに来たんだよ。雨の朝には幽霊がピアノを弾くって聞いたから。なのに、弾いてたのは桜ちゃんだったねえ」

瀬凪さんは優しく言いながら、観客席の間を通って桜小路のほうへ向かっていった。その姿は堂々たるもので、これから始まる対話の主人公は桜小路ではなく、もちろん僕でもなく、瀬凪さんなのだとわかった。

「あ……はい」

今朝の桜小路は自信の欠片《かけら》も持ち合わせてはおらず、棒立ちで瀬凪さんを待っている。

瀬凪さんは舞台の下で立ち止まると、華やかに笑って見せた。

「聴けてよかったよ。自分に告白しに来た子がどんな演奏をするかは、聴いてみたいもんだからね」

「私」

悲しいほどに声がかすれる。桜小路は瀬凪さんを見下ろして、大きな二つの目いっぱいに涙をためた。フットライトが彼女の涙をまばゆいほどに光らせて、僕はひどくいたたまれなくなってしまう。

気付けば僕は、口を開いていた。

「桜小路さん。今のは、桜小路さんのピアノじゃないですよね」

「やっぱりあなた、わかるほうの方でしたか」

桜小路はゆっくりと僕を見る。やっと真正面から見ることが叶《かな》った彼女の目は、どことなく迷子の小型犬のような頼りなさがある。この人も困っているのだ、と思うと、僕の声は自然と柔らかくなった。

「やっぱり、ということは、元から僕らのことを知ってましたね？　僕らコンテンツ研究会が、怪異を『やり過ごす』活動をしてきたことを知って入部したわけですか」

「ええ。そうです。……けれど、瀬凪さんの孤独に魅入られてしまったのも本当で」

さまよう桜小路の目は、言い訳をしながら瀬凪さんのほうに流れてしまう。

視線を受け止める瀬凪さんのほうは、あまり桜小路に優しくする気はないようだ。きれいにくびれた腰に両手を当てて、意地悪そうに目を細める。

「そこを疑っちゃあいないさ。だけどねー、惚れたっていうからには、もう少し自分を見せてくれなきゃ困るよ。こっちは歳《とし》なの。お互いに取り繕って包装紙かけてリボンかけて、はいどうぞ、っていう恋をやってる暇はないんだよな」

「そうですか。私、自分を見せていませんか。……そう。そう、ですね」

桜小路の目がゆっくりと暗くなり、最終的に彼女は深くうなだれた。

その背後で、ぽろん、とピアノが鳴る。

ぽろん、ろろん、ぽろん、ぽろん。思うままに弾いてみた、とでもいうような、五月雨調。ろろん、ぼろん、だだん、ぽろん。

沈黙を、幽霊のピアノが埋めていく。

幽霊の仕業とわかっているのに、不思議なくらい怖くはなかった。僕にとっては瀬凪さんと桜小路の間にあるもののほうが怖かった。彼女たちの関係がどうなっていくのか、ふたりがどんな結論を出すのかのほうがよほど怖い。

ピアノが鳴る。戸惑い、迷い、途切れがちの、下手なピアノ。

長い沈黙ののち、桜小路はどうにかこうにか声を絞り出す。

「このホールのピアノが、スタンウェイなのはあらかじめ知っていたのです。練習室がとれなかったときは弾いてもいい、みんなが使わないのは水曜日だよ、と先生に言われて。私は幽霊など信じてはおりませんでした。ただただ喜んで鍵を借り、弾いて……」

「で、憑かれちゃったわけ？」

瀬凪さんの愛の手は残酷なくらいあっさりしていた。桜小路はうつむく。

「……はい。明確に気付いたのは演奏のときでした。余計な音がかぶるようになったのです。真面目にやれとか、体調が悪いのかとか、色々言われたけど、私は真面目に弾いている。周囲も変な音がかぶってるのにはすぐ気付いて、けれど、原因がわからず……」

桜小路の混乱が声を通して伝わってくるようで、僕はいたたまれない気分になった。桜小路は続ける。

「弾けないと思ったことは、今まで幾たびもありました。そのたびに努力で乗り越えてきた。ですが今回は練習してもどうにもならない。みながあきれた目で私を見る。このホールでのプチコンサートでも、軽く騒ぎになるくらい、ひどい演奏をしてしまって」

血を吐くような声が、じわり、じわりと絞り出されていく。僕は怪異と出会ったときとはまったく異なる恐怖で身震いをした。音楽学部の学生たちは、幼いころからレッスンを繰り返すのだという。遊びたいときにも遊ばず、泣きながら努力をするのだと。その結果がこれだとしたら、一体どんな気分になるのだろう。

「桜ちゃん。それは君、大怪我だよ」

大なたを振るうような、瀬凪さんの声がした。

うなだれた桜小路の頭がかすかに動く。

見れば瀬凪さんは、いつの間にか猛禽《もうきん》の目で桜小路を見つめていた。桜小路を、桜小路の後ろにいるであろう幽霊を強い視線で射貫《いぬ》きつつ、彼女は仁王立ちになる。

「音楽家の体は楽器に繋《つな》がっている。私の体がカメラに繋がっていたようなもんだ。楽器をひっくるめたすべてがあなたで、あなたが奏でる音楽もあなたそのもの。それがなくなった今のあなたは、腕を引きちぎられたのと同じ」

瀬凪さんは刻みつけるように言いつのり、桜小路の呼吸は段々と荒くなる。肩が大きく上下し、長い指がカットソーの胸をつかむ。そうして彼女は、勢いよく顔を上げた。

「瀬凪先輩。あなたもでしょう？　調べたんです、私。新歓期間に瀬凪先輩を見て、ぴんと来た。一緒だ、この人も大怪我をしてるって。だから調べた。瀬凪さんの写真、見ました。美しかったです。あれは音楽でした。静寂という音楽を、奏でていました」

あふれ出した桜小路の言葉には、今までにない迫力が宿っている。おそらくは本音なのだろうと思った。作り物めいた表情は消え、朗々と歌い上げる声音は消え、ただの切羽詰まったひとりの人間として、桜小路はまくしたてる。

「友人づてに、二年前に先輩の卒業制作を担当した教授と話しました。『撮れなくなったんだ』と言っていました。『あいつは心が負けた。ふざけた心霊写真みたいなもんを作って、ごまかすようになった。あれじゃ卒業させてやれない』って」

「違います！」

僕はとっさに叫んでしまった。

桜小路がちらりと僕を見る。僕は熱くなった体を持て余していた。

違う。そうじゃない。僕は見た。僕は知っている。瀬凪さんの強い瞳を。

カメラをさげて、あの、虚無の青空をにらんでいた彼女を。

僕は知っている。彼女は、撮りたいんだ。

僕はまくしたてる。

「瀬凪さんは負けてなんかいない。邪魔をされているだけです！　撮った写真が全部心霊写真になるんだ。そこはあなたと似てますよ。それでも、瀬凪さんは、撮ることを諦めているわけじゃないんです」

桜小路は即答した。

「あなたに、わかるわけがありません」

僕は息を呑《の》む。桜小路の瞳は冷えていた。軽い憎しみの入り交じった冷えた目で僕をにらみ、そのあと、すがるように瀬凪さんを見る。

「瀬凪先輩。私たちは同じでしょう？　同じように、幽霊に芸術を奪われた。だから、私は、私にだけは、あなたの気持ちがわかります」

桜小路の声は甘かった。そして、その言葉は、『もっとも』だった。

僕に瀬凪さんの何がわかる。僕は異性で、専門も違って、ついこの間出会ったばかりで、呪われてもいない。それなのに、『書きたいものがない』なんて甘えたことを言っている。

桜小路は、少なくとも瀬凪さんの苦しみを理解できる。

瀬凪さんのことが、わかる。

「桜ちゃん。私は、あなたにわかられたくない」

「えっ」

反射的に声を出してしまって、僕は自分の口を塞ぐ。桜小路は呆気《あっけ》にとられて、文字通り開いた口が塞がっていない。ぽろん、ろろん、と、下手くそなピアノだけが響く中、瀬凪さんは自分の頭を引っ掻《か》いた。

「言っとくけど、他人のことがわかるなんてのは幻想よ？　少なくとも私は、誰のこともわからんね。私と桜ちゃんとは、生まれも育ちも体も得意技も愛読書も、何もかも違う。怪異で迷惑してるとこしか同じじゃないじゃん」

「でも」

桜小路は食い下がろうとするが、瀬凪さんは許さない。すかさずたたみかける。

「吊《つ》り橋効果って知ってる？　今の桜ちゃんは、苦しみと恋を勘違いしてると思うんだ。一緒に苦しんでくれるひとを探してるでしょ。だけど私、苦しむより楽しむほうが好き。だからまずはその幽霊をどうにかしよう。で、その後、楽しい気分で再告白してよ」

「いいんですか？　また、告白しても」

桜小路は意外そうに言う。僕も唾を呑みこんで瀬凪さんを見た。

瀬凪さんは柔らかな笑みを浮かべて、きっぱりと言う。

「いいよ。オッケーするかどうかは、その日の気分。楽しい気分になったかどうか」

「ありがとうございます。桜小路天音、頑張ります！」

桜小路は間髪容れず、直角のお辞儀をした。ほれぼれとするような最敬礼だが、桜小路は本当にそれでいいのだろうか。現実の音楽学部は、思ったよりも大分体育会系寄りなのかもしれない。

瀬凪さんは桜小路が頭を上げるのを待ってから、ピアノのほうを向いて嘆いた。

「それにしてもこの幽霊、ピアノ下手だねえ」

「ええ、拙いですね。おさなごなのかとも思います。手が小さいんだな、多分」

桜小路は慎重に返答をする。こうして見ると、彼女もこの幽霊をさして恐れてはいないようだ。だとしたら、やはり幽霊に桜小路に対する害意はないのかもしれない。害意はないが、離れない。そこにはなんらかの執着があるのだろうか。

執着の対象は桜小路か、ピアノか、もしくは。

「教えてあげる、というのは、ありですか？」

しばし考えた後、僕は言った。

「教える？　ピアノを？」

桜小路が振り向き、わからない顔で聞いてくる。

瀬凪さんは一気に明るい笑顔になると、両手を挙げて叫んだ。

「相変わらずよくわかってるねぇ！　私も、そう言おうとしてたところだよ」

「僕も、瀬凪さんならそう言うんじゃないかな、という気はしてました」

僕は付け足し、瀬凪さんと目を合わせて控えめに笑う。

瀬凪さんは小さく声を立てて笑い、脇の階段からいそいそと舞台に上がる。

「桜ちゃんの問題をよくよく解体してみると、『幽霊に憑かれてること』に困ってるわけじゃないよね。『自分と一緒に幽霊がピアノを弾くのが困る』、さらに言えば『自分と一緒にピアノを弾く幽霊が下手なのが困る』ってわけだ。だったら幽霊を引き剝がすか、この子のピアノを上手くしてあげたらいい」

「ピアノを、上手く、ですか。けれど、それだと私はずっと幽霊と一緒ということになるような……」

桜小路は戸惑う。瀬凪さんは笑顔のままだ。

「うん。別に構わないよね？　この子のピアノをプロ級にして自分はサボるか、幽霊とのデュオで売り出そう」

「か」

構います、と言いたかったのであろう桜小路は、口を開けたまま呆然《ぼうぜん》としてしまった。

僕は少々申し訳ないような気分になりながら口を挟む。

「コンテンツ研究会は除霊ができるわけじゃないんです。ただ、こうしてやり過ごして行くだけというか、そういう感じでして。桜小路さんは、ピアノ指導のほうは？」

「できます。できますが、得意というわけじゃない」

桜小路はなぜか、眉間にしわを刻んで答えた。僕はその様子が気になったが、瀬凪さんはとっとと桜小路をピアノの前に座らせる。

「ということは、私よりは百倍上手いってことだね？　よーし、座った座った！　何事もやってみるのが肝心だ」

「……はい……」

瀬凪さんの勢いに負け、桜小路は何度か自分の手を組み合わせ、ほどき、じっと鍵盤をにらんだ。幽霊の演奏は続いている。鍵盤は、よたよた、よたよたとへこんでいく。

「下手だな」

桜小路がつぶやく。

ぽろん、と、ピアノが音を奏でるのをやめる。

僕はひやりとした。いくら悪意がなさそうとはいえ、相手は怪異だ。いかなる事情を抱えているかもわからない以上、どんな反応がくるかはわからない。

冷えた地下劇場はひどく静かだ。桜小路は鍵盤を見ている。

——数秒後。ピアノは鳴り始めた。

「……偉い。下手なのに、あなたはやめることをしない。あなたは、偉いよ」

桜小路は囁いたかと思うと、自分もそっと鍵盤に指を下ろす。桜小路の長い指が、簡単なフレーズをゆっくりと奏でる。ほんの少し遅れて、同じフレーズが追いかけてきた。たどたどしいけれど、子犬みたいに従順に。

桜小路はそれを注意深く聞き、次のフレーズを弾く。幽霊がそれを追いかける。まろびでる、二つのフレーズ。

「連弾、できてますね」

僕は足音を潜めて舞台上に上り、瀬凪さんに囁きかける。

瀬凪さんはピアノを見つめたまま微笑《ほほえ》んだ。

「できてるできてる。これは、ひょっとするとひょっとするぞ」

「幽霊ピアノデュオ？」

「そう。で、行くんがその話を小説にして流行《はや》らせる。いけるのでは？」

「どこへ行けるんですかね。桜小路さんがそっちへ行きたいなら、考えますけど」

僕と瀬凪さんはぼそぼそと話し合いながら、桜小路の連弾を聴く。

不思議と心地よい時間は時はあっという間に過ぎ、気付いた僕が声をかけた。

「そろそろ一限ですけど、桜小路さん、授業は？」

「ある。必修だ。ありがとう、浅井くん」

夢から覚めたような顔で答え、桜小路は立ち上がる。

ぽろん、ろろん、ろろん。

ピアノの音は止まらなかった。

僕らはそろってピアノを見つめる。ピアノの旋律は、さっきより大分上手だ。

桜小路と、僕と、瀬凪さんはそれぞれ顔を見合わせ、そのままそっと舞台を降り、観客席の間を歩いて行った。それでもピアノは止まらない。

引き剝がすまでもなかった。幽霊はどうやら、あのピアノのところに残ったようだ。

瀬凪さんは、やりきった顔で桜小路の背を叩《たた》く。

「よかったのでは?」

「はい。いや、でも、まだ下手ですので。……たまに、教えに来ますよ」

桜小路は少しためらったのち、笑って言った。その顔を見ると僕の胸にも自然と安堵《あんど》の気持ちが湧いてきた。おそらく桜小路の心も、無事に幽霊をやり過ごしたのだろう。

どことなく名残惜しい気すらして、僕は舞台の上を見つめる。音のインパクトが強かったせいか、今まで僕は幽霊の姿を見ようとしなかった。瀬凪さんもそうなのかもしれない。

幽霊の姿については何も言っていなかった。

予想通りの子どもの幽霊だとしたら、どんな姿なのだろう。

好奇心に引き留められてわずかに目をこらすと、ピアノの前にわだかまる黒い影のようなものが見えてくる。丸まった背中。うなだれた首筋。足にはワイヤーらしきものが絡んでいる。

これは、子どもじゃない。

成人男性だ。作業着らしきものを着ている。学生には見えない。出入りの業者だったのか。背丈はむしろ、かなり高いほうだと思う。ちょこちょこ歩きはワイヤーのせいか。

それと、手が小さいような……。

「うわ」

「ん？　どしたの、行くん？」

「え、あ、いえ、なんでもないです！」

瀬凪さんに声をかけられ、僕はシャツの胸をつかんだ。このタイミングで、今見たものを口にする勇気は、僕にはなかった。

幽霊の指がすべて、第二関節のところでちぎれていた、なんて。

僕は懸命に口をつぐみ、小ホールを施錠してピロティに出る。雨はすっかりとやんでいて、周囲には学生の声が飛び交っていた。世界はすっかり生者のものだ。

生まれ変わったような気分で周囲を眺めていると、桜小路が口を開いた。

「懐かしかったです。連弾、双子の姉ともよくやったんだ」

「お姉さんも、音楽の道に進んだんですか？」

何の気なしに投げた僕の問いに、桜小路は熱いため息を吐《つ》いてから答えた。

「いいや。あの人は辞めたんだよ。あるところでぱったりと音楽の道そのものをなげうってしまった。その理由は、『天音のほうが上手いから』」

妹のほうが上手いから、姉がピアノを辞める。

外野として聞くと不思議な理由だ。家族のうちひとりだけしかその道に進めないわけではないし、それこそ二人でコンビデビューを目指すような未来はなかったのだろうか。

「変な話。家族で一番上手い人間がプロになるなんて法律はないのにねぇ」

瀬凪さんが僕の考えと同じことを言ったので、僕はちょっと驚いて彼女を見る。

瀬凪さんは僕の視線に気付くと、やわらかに笑ってくれた。

わかってるよ、とでも言われた気がして、僕は少々慌ててしまう。瀬凪さんに関わることに限っては、僕の予想は甘ったれている。自分に都合がいいようにとってしまうのだ。

瀬凪さんは他人だ。僕とは何もかも違う。

そのことを、僕は、できる限り大切にしていきたい。

僕が足下を見つめて反省している間に、桜小路はぽつぽつと喋り出した。

「まさにそのとおりと言えるでしょう。この天の下にそのような法律はない。それに、私のほうが生まれつき音楽の女神に寵愛《ちょうあい》されていたわけでもないのです。姉より私のほうが上手かったのは、私のほうが練習していたから」

そこまで言って、桜小路は不意に顔を上げた。

強い目だった。瀬凪さんと少しだけ似た目で、桜小路は囁く。

「もっと練習しろ、もっと上手くなれ、私と一緒に来い。そう叫びたかったけれど、私にはできなかった。姉は上手くなりたくなかったから。それがわかってしまったから。そのときから私は孤独を飼っています。それでも、私は辞めない。上手く、なりたいです」

◇

「相変わらず上手いねえ、浅井くんは」

教授は言い、今日も自慢の髭をなでる。

日々はよどみなく過ぎ、再びゼミの週が巡ってきた。円く並べられた椅子にはもはや恐怖しか感じない。今日のドクショカはおしゃれ無精髭を生やし、年齢不詳の批評家めいた迫力がある。

「ありがとうございます」

萎縮しつつも、僕は教授に頭を下げた。

教授はうんうんとうなずいて、付け加える。

「前のは上手さでテーマの希薄さを覆い隠している印象だったけど、今回は少し突き抜けた気がする。テーマが見え隠れしてきたね。意識して書いた?」

「そうですね。テーマ、というか……」

僕は少々口ごもった。すかさずドクショカがつっこんでくる。

「そもそもテーマって必要ですか? これがテーマだっ! ってはっきり言葉で掲げられるものがあるなら、そんなもんそのまま言えばいいわけじゃないですか。それをわざわざ小説にして何千文字、何万文字も読ませようってのは傲慢だよね」

「傲慢ね。なるほどね」

教授はドクショカを遮らない。だからドクショカは調子に乗る。

彼は耳障りな音を立て、椅子ごと僕のほうを向いた。

「そもそもさあ、君はなんで小説書いてるの? ほんとに小説書きたいの? ショウセツカっていうスタイルに憧れてるだけじゃないの? だけど今、小説なんて時代遅れだぜ。その点についてはどう考える?」

「……考えたこと、ありませんでした」

僕がぽつんと言うと、ドクショカは派手な顔をぎゅっとしかめた。

「はあ? 考えたことなかったって、何を?」

「ショウセツカとか、スタイルとか、考えたことなかったです。そういう小説以外のことばっかり考えてると、流行に乗ったり、遅れたりしなきゃならないんですね?」

半ば感心したような気分で言うと、ドクショカの目がまん丸になる。

女子学生が、くすり、と笑った声がした。

周囲の空気が少しゆるんで、僕が喋ってもいい隙間が生まれた気がした。隙間さえあれば、僕の言葉は勝手に口から飛び出してくる。

「僕は元々、自分の身に起こった受け入れがたいような出来事を、物語という形にして受け入れるために小説を書き始めました。それだけだから、テーマはないです。あるとしたら、自分に対する癒やしだったのかな。それってマスタベーション的でダメなのかもしれないんですが、僕は別にいいと思っていて」

さらっと言ってしまったけれど、こんなふうに思えたのは最近のような気がする。

自分のためだからダメ、ありきたりだからダメ、技術ばかり追い求めるのはダメ。ダメを出すのは楽だし、建設的なことにも見える。しかし建設はダメ出しの先にあるのだ。先を考えないダメ出しは、逆に立ち止まるための言い訳ではないのか。

僕は続ける。

「自分のための癒やしが、うっかり他人のための癒やしになることだってある。とにかく書けば何ものかにはなる。書かなきゃ何もありません。いつだって、なんだって、先へ行くほうがしんどい。この小説もそう。どこへ行くかはまだ考えてない。でも、まずは先へ行きたい。僕が先へ行くために、必要な話を書きました」

言い終えると驚くほど体が軽くなった。重い荷を下ろした気持ちで教授を見やる。教授はやたらと嬉しそうに目を横線にして笑っていた。ドクショカはなぜか、何も言わない。代わりに誰かがぱちぱち、と、やる気のない拍手をして、その日の合評会は終わった。

ゼミが終われば、あとは部室に行くだけだ。いさんで立ち上がると、ベリーショートの痩せぎす女子が声をかけてきた。PC室にいた沢木さんだ。

「浅井くん、前から誘おうと思ってたんだけど。書くもの、かなり純文学系だよね？　同人雑誌に寄稿とか、興味ある？　同人って言っても印刷所に出すし、近所の本屋には置いてもらう感じのやつだよ」

沢木さんは早口で言いながら、名刺入れからカードを取り出す。その背後で、ドクショカが足早に帰って行くのが見えた。僕はとりあえずカードを受け取る。

「店で売るって、それ、本だよね。寄稿って、小説？　実力はないけど、興味はある。でも僕でいいの？　もっと流行ものとか、鋭い批評とかのほうがそれっぽくない？」

沢木さんからもらったカードは、分厚い灰色の紙に緑のインクで活版印刷が施されている。沢木さんはきれいに伸ばした爪でカードのQRコードを指し、格好良く笑う。

「それっぽいものじゃなくて、心が動くものを探してる。じゃあ、ここ見てみて。それか、今から学食行く？　私、これから暇だから説明するよ」

重ねられる言葉に、彼女が本気なのだとよくわかる。おかげで僕の鈍い心も、ふわりと地面から浮き立った。

小説を書く。そして、見てもらう。

そのことにわくわくしている自分がいる。多分、小説を発表したあとはめちゃくちゃにへこんでこれからしようとしている決断を呪うのだろうが、それでも前へは進めるだろう。

僕は沢木さんをまっすぐ見つめ、心の底から笑った。

「ありがとう、沢木さん。僕、これから部活だから行けないけど、必ず連絡するね。沢木さんの詩、いつもコンクリートに沁《し》み出したきれいな水みたいなにおいがして好きだ」

「うそ。ありがと」

沢木さんは目を丸くして、ぽそりとお礼を言ってくれた。

浮かれた気分のまま彼女に手を振り、ゼミ室を出る。やっと見慣れてきた古い校舎が、今日はやけに明るく見えた。古ぼけたリノリウム、入り組んだ階段、木枠の窓から差しこんでくる東京の光。

その上を軽い足取りで踏破して、僕はコンクリート張りの校庭に出る。

色とりどりのつなぎと、学園祭でもないのに着ぐるみ姿の学生を横目に見ながら地下へ降り、麗しの部室のドアを開けた。部屋の隅に積み上げられたボードゲームと漫画と、ただひたすらに古いソファ。真ん中に、ちょこんと膝を抱えて本を読んでいる瀬凪さん。

彼女の姿を見た途端、僕の心は天井近くまで舞い上がる。

「瀬凪さん。蘭童はまだですか？」

なるべく声は落ち着けたつもりだけれど、瀬凪さんにはお見通しなのかもしれない。彼女は面白そうに笑って僕を見上げてくる。

「おや、うきうきだね。蘭童くんはまだ。映画学科も実習始まったんでしょ。君は？」

「合評会で、泣きませんでした！」

「上等上等。むしろひとりふたり斬ってきたって顔してるぞ」

瀬凪さんは大げさにうなずき、ペットボトルのお茶と紙コップを押してよこした。僕はソファの端に座り、ぬるいお茶をありがたく紙コップへ注ぎ入れる。

「斬ってはいないです、穏健派なので。そもそも自分に自信がないので、他人を斬るより他人に出世して欲しい。前へ進んでもらって、みんな二人三脚で豊かになりたい」

「君はやっぱりいい奴だ」

瀬凪さんは優しく言ったが、僕の二人三脚願望に対してはあまり感心がないようだ。そこで会話を切り上げると、視線を中空へ放ってお茶を飲んでいる。そんな瀬凪さんを横から観察し、僕は思い切って声をかけた。

「あの、瀬凪さん」

「ん？　なになに？」

返事はするけれど意識は浮かんだままの様子。元々ぼんやりした時間の長いひとだが、最近その傾向が強まっている気がする。遊んでくれる時間が長いのは嬉しいが、欲張りな僕は瀬凪さんにも前へ進んで欲しいのだ。

「二人三脚の流れで言うんですが、僕と取引というか、競争というか、その中間的ななんらかのものをしませんか？」

「ほえ。どうしたの、いきなり。大食い競争は案外強いよ？」

「いえ、僕らフードファイターじゃなくて、芸術大生じゃないですか。だから、僕が書いたものが本屋に並んだら、瀬凪さんも新しい写真を撮るという競争はどうでしょう？」

口に出すと、ふわついていた瀬凪さんの視線が一気に研ぎ澄まされた。

「君、私の写真見たでしょ？　蘭童くんのスマホで撮った写真」

低い声になでられて、僕はぞわぞわと鳥肌を立てる。嫌われてしまうかも、と、心のどこかで僕がわめいているのが聞こえる。せっかく今まで上手くやってきたのに、瀬凪さんを怒らせないように、気に入られるように、かわいい後輩でいるのが一番傷つかない方法だ。しかしそれではたどりつけない場所がある。

ダメ出しの先。一目惚れの先。

僕は瀬凪さんと一緒にいると心地よく、喋っていると嬉しくて、彼女が笑ってくれると天国みたいな気持ちになる。けれどそれは僕だけの幸せで、僕が幸せな間も瀬凪さんは写真が撮れなくて、腕がないような状態だ。それは僕にとってもひどい不幸に違いない。

「見ました。瀬凪さんは、呪われていて、思うような写真が撮れない。それって、大怪我みたいなものなんですよね？　大怪我してるひとは、なかなか普通の生活は送れない。勉強も、実習も、他の生活も……」

恋愛も、と続けることはさすがにできなかった。僕は臆病だった。ここまできても、瀬凪さんに明確に嫌われたくはないのだった。

僕はおそるおそる瀬凪さんを見つめて言う。

「僕は、瀬凪さんの怪我を治したい。せめて、もう少し、どうにかしたい」

瀬凪さんは答えない。勝負所だ。切りこむところだ。

そう信じて、僕は思い切りお辞儀をしながら言う。

「瀬凪さん！　僕ら、僕の部屋の怪異も、この部室の怪異も、桜小路さんの幽霊も、みんな上手く『やり過ごして』きました。次は瀬凪さんの呪いを、どうにかしましょう！　どうにか、させてください‼」

僕の言葉は地下のサークル室に吸いこまれて、あえなく消えていく。外から演劇学部の発音練習がかすかに響いてきた。

瀬凪さんは答えない。ソファの上で膝を抱え、無表情で僕を見ていた。心の裏がざわつくようなこの顔は、僕にとっては見慣れたものだ。出会ったばかりの蘭童の顔もこうだったし、桜小路もたまにこんな顔をした。

これは怪異に出会ったひとの顔だ。恐怖を感じ、理不尽を感じ、自分の感情を、恐怖を、押し殺そうとする顔だ。やはりあなたもそうなのだ。いつも怪異をうっとりと眺めるあなたも、本当は、怪異が恐ろしい。

僕が辛抱強く黙っていると、瀬凪さんは視線を逸らしてぼそりと言った。

「かわいい一年生だと思ってたのに、すぐ成長しちゃうんだよなあ。やだやだ。ひよこに戻ってよ、行くん」

ふてくされたような声に、胸の中で何かがくすぶる。僕はとっさに、瀬凪さんの手首をつかんでしまった。瀬凪さんが息を呑むのがわかる。彼女の視線がこちらを見る。

捕まえた。放してやるものかと思った。僕は言う。

「瀬凪さん、逃げないで」

瀬凪さんは答えない。まん丸になった目で僕を見ている。

幼いようなその顔は、僕を怖がっているのかもしれない。反射的に申し訳なさで死にたくなるが、時間は元に戻らない。たとえ戻ったとしても、僕は同じことをしてしまう気がする。あなたを逃がしたくないからだ。

僕がじっと粘っていると、瀬凪さんは上下左右、あらゆる場所へ必死になって視線を逃した。それでも僕が動かないとみた瀬凪さんは、深くうつむいてつぶやく。

「まあ、努力、します」

「えっ、本気ですか？　本気で、『やり過ごし』活動してくれます？」

素っ頓狂な声が出た。それはそうだろう、僕は九九パーセント当たって砕けるつもりで臨んだのだ。瀬凪さんは意外そうに僕の顔を見た。

「本気ですかって、君、ほんと……」

そこで言葉は途切れてしまう。ほんと、の先には何が続くのだろう。そんなに自信がなかっただなんて、ほんと肩透かし、などと続くのだろうか。正直なところ何が続くのでも構わない。瀬凪さんがオーケーしてくれた。瀬凪さんの新しい写真を見られる可能性はゼロではない。その事実だけが僕の頭の上で派手に祝福の鐘の音を響かせた。

僕はソファの座面に手をかけて、身を乗り出す。

「すごい。嬉しい。瀬凪さん、僕、頑張ります」

勢いこんで言うと、瀬凪さんは派手にのけぞった。

「はい……はい。わかった。わかったから、もう少し距離とって。あ、ちょっとごめんね、メール来てるわ」

「はい、すみません」

素早く身を引こうとして、まだ瀬凪さんの手首をつかんでいたことに気付く。

僕は喉の奥で悲鳴をあげて、瀬凪さんの手を放した。強く出るときに手が出てしまうのは、単純によくない傾向だ。瀬凪さんが怖がるのも無理はない。

僕は姿勢を正して、ソファのなるべく端に座る。

瀬凪さんは逆の端に座り、黙りこくって自分のスマホを見ている。

普段は隣に人が居れば自然と語りかけるひとなので、こういう間ができることは珍しい。

僕はすぐに手持ち無沙汰になって、自分もスマホを取り出そうとした。ところがその指がスマホに届く前に耳がかゆくなり、半ば無意識に耳をさする。壁の怪異が元気なのだろうか、と、瀬凪さんのほうを見ると、彼女はまだスマホを見ていた、と、思う。

なぜ断定できなかったかといえば、姿がよく見えなかったからだ。

彼女は真っ黒だった。

瀬凪さんの全身が焼死体のように真っ黒に見え、すぐに元に戻った。

第四話　どん詰まりランドスケープ

「ゴールデンウィークは、ソロキャンプに行こうと思う」

「無理だと思います」

間髪容《い》れずに言った僕を、瀬凪《せな》さんはむくれ顔で見つめた。

昼時を少しすぎた学食にはだれた雰囲気が漂っている。N芸大は都市型の大学で、外に出たら美味しいものがいくらでも食べられる。となると学食の役割は、ひたすらに安い食事と、だべる場所の提供なのだ。

窓際のひとり席で食事をかきこんでいる者、カードゲームをやっている者、床にレジャーシートを敷いて、友達の髪を切り始める者もいる。僕と蘭童《らんどう》は瀬凪さんを真ん中にして座り、N大名物、具のない学食カレーを口につっこんでいた。

瀬凪さんは黙々と食べ続ける僕をにらみ、肉丼のどんぶりを抱えたまま、蘭童にすがるような視線を投げる。

「蘭童くん。蘭童くんなら私のこと」

「無理だと思います」

蘭童も力強く言い切った。

僕と蘭童の気持ちは完全に一致したが、瀬凪さんだけは必死に主張を続ける。

「待って、少しは私のこと信じよう？　さもなくば考えよう？　思考停止は退化を呼ぶぞ。大丈夫だって、ほら、ソロキャンプ流行《はや》りでしょ？　みんなやってるでしょ？」

「みんなってほどやっとらんし、キャンプは流行りだからってやるもんちゃいます。命がけですよ、命がけ。自分の部屋で遭難しかけてるひとにはハードル高すぎます」

珍しく真顔の蘭童に、僕は思いきり同意する。

「そうですよ、瀬凪さん。大体キャンプっていうのは荷物がいるんですよ。山で荷物をなくしたら最後ですよ、最後。最終的には命をなくしますよ」

「荷物なら平気。写真学部は荷物持つのには慣れてるよ。見て、この筋肉！」

瀬凪さんはいつものつなぎの袖をめくったかと思うと、いきなり力こぶを作る努力を始める。結果は『一応こぶはできているもの全体的に柔らかそうで触りたくなる』というものので、僕にとっては目の毒としか言いようがない。

僕は、明後日の方向を見つめて続けた。

「筋肉じゃなく、注意力の話をしています。行くならせめて、歩いてコンビニに行けるキャンプ場にしてください。水道もコンロもなきゃダメですよ。電波もあるところにして、毎晩僕に安否連絡。そこまでするなら行ってもいいですよ」

厳しく言いつけた僕を、瀬凪さんは抗議の視線で見据える。居心地の悪い沈黙に、僕はとっとと根負けした。

「……なんですか。何か言いたいんですか、瀬凪さん」

「いやー、なんか納得いかないな〜と思ってさ。私に新しい写真を撮れって言ったの、行《ゆき》くんなのに」

「そりゃ言いましたけど。……えっ。ソロキャンプって、写真を撮りに行くんですか？」

僕は素っ頓狂な声を出す。

瀬凪さんは、くわえたスプーンを行儀悪く唇で押し上げながら答えた。

「他に何すると思ったのかな？　重い荷物抱えてひとりバーベキュー？　自慢じゃないけど、写真は焼けても肉は焼けないよ、私。めっちゃファイヤーして消し炭だよ」

「そうか、そうですね。撮影。その発想はなかったです。え、そっか……」

僕はひとしきりうろたえたのち、じんわりと感動してしまった。

瀬凪さんが写真を撮る。キャンプという手間暇までかけて撮る。相当な本気を感じる。

思い出すのは、写真雑誌に載っていた高校の時の瀬凪さんの写真だ。あれは本当にすごかった。目から手を突っこんで、魂を根こそぎつかみ取っていきそうな写真だった。

ああいうものがもう一度見られるのなら、僕はどんなことでもしたい。

「あれ、でもまだ、瀬凪さんの呪いは……」

瀬凪さんの心霊写真が撮れてしまう呪いは、調査を始めようという段階のはずだ。今キャンプに行っても、心霊写真が撮れてしまうだけだろう。

僕が我に返ったのと同時に、蘭童がスマホを掲げて叫んだ。

「はいはいはい！　参加者六名、決定です！」

「参加者？」

きょとんとして問う瀬凪さんに、蘭童は丸眼鏡の奥で派手に笑う。

上半身をひねり、蘭童は僕にスマホを見せる。

「ほれ見、行くん」

「コンテンツ研究会の初イベント、ゴールデンウィークキャンプ……？　そんな予定あったっけ？　っていうか、今蘭童がイベント作って、SNSで募集かけた、ってことか。確かに三人挙手してる。ひとりは桜小路《さくらこうじ》さんだね。あとの二人は、これ……誰？」

僕はメッセージアプリの画面を見て首をひねった。

蘭童は気にせず、スマホを掲げたまま宣言する。

「ひとりが危ないんなら群れたらええ。六人いたら料理もはかどるし、遭難しても誰かが助けを呼びに行けるし、なんなら熊にも勝てるやろ。しらんけど。ボクらは予定のないゴールデンウィークが埋まってラッキー、瀬凪先輩は写真が撮れてラッキー、まさにWin

Ｗｉｎちゅーやつや」

さすが蘭童、圧倒的な行動力、コミュ力、そして鈍感力だ。

僕はしみじみと感心して蘭童を讃《たた》えた。

「なるほど。入学してすぐのゴールデンウィークだし、僕も予定ない。いくら言い聞かせたって瀬凪さんを単独行動させるのは不安だし。天才だな、蘭童」

「せやろ、せやろ。もっと言って」

蘭童は嬉《うれ》しそうに身をくねらせ始めるが、肝心の瀬凪さんはどうなのだろう。怒られたら解散しようと思って視線を向けると、瀬凪さんは案外嫌がってはいないようだ。軽くため息を吐《つ》いて、頭のうしろで手を組みながら言う。

「信用ないなぁ、先輩なのに。っていうかほんと、君らと桜ちゃん以外の『あとの二人』って誰？　まさか幽霊じゃあるまいね？」

◇

「そいじゃ、コンテンツ研の初イベントに。かんぱーい！」

「乾杯っ！」

「乾杯っす！」

蘭童の音頭に乗ったのは、瀬凪さんと田柄《たから》だけだった。

がたんごとん、がたんごとん、と、規則正しい揺れが体に伝わってくる。

大学に一番近いターミナル駅から、普通電車を乗り継いで二時間ほど。田舎仕様の古びた列車は都市を離れ、徐々に山の間へと滑りこんでいく。

四人がけのボックス席にぎゅうぎゅうになって座っているのは、蘭童と僕。

向かい合わせで、瀬凪さんと、瀬凪さんの知り合いの美術学部のマッチョ。こちらの名前は田柄英賢《えいけん》というらしい。田柄は三年で、美術学部の中でも体育会系が集う彫刻学科所属だ。僕は一度瀬凪さんと田柄が立ち話をしているところを見ただけだけれど、蘭童はいつの間に繋《つな》がっていたのか。彼のコミュ力はほとんどホラー領域と言っていい。

瀬凪さんは僕の前でコップ酒を豪快に傾けて、爽やかな笑顔になった。

「かーっ！　いいねえ、いいねえ、昼から酒！　旅は酒だね」

「ですねえ、先輩。ま、夜も酒だし、日常も酒ですが」

田柄は景気よく言い、かわいいみかんカクテルの小瓶をあおる。

隣り合った僕と蘭童は、お茶を片手に囁《ささや》き合った。

「念のため聞くけど、これから山登りするんだよね？」

「せやで。調べに調べて、簡単なコースにはしたけどな。それでもキャンプ場まではほどほど歩くはずや。ちなみにボク、自分の荷物以外は背負えません」

「僕も。泥酔者はレジャーシートに乗せて引きずるのでどうかな?」

「行くんが言うと、ほんまにやりそうでこわいわぁ。ボケとんのかなーと思うと、大体素やからな、キミ」

「レジャーシートはボケ領域か。いい案だと思ったんだけど」

僕が言うと、ほんのり頬を赤らめた瀬凪さんが割りこんでくる。

「行くん、ひどーい。せめてタクシー呼んで欲しい! キャンプ場って大体車で行けるわけだからぁ。車道くらいあるって」

「だったら最初から、免許持ちの方々が運転すればよかったのでは?」

僕が瀬凪さんと田柄を見比べると、二人はあわせたかのように笑い声をあげた。

「だって運転したら飲めないじゃん!」

「まさにそれっす!」

僕はいささか遠い目になって、通路の向こうのボックス席を見やった。

あちら側はあちら側で独特な世界が広がっている。

「瀬凪先輩は何をなさっていてもお美しいからよいのです。酔いはあなたを美しくする。すなわち、星は酔っても星なのです。いざとなったら私が背負いますし、ご遠慮なく」

長い足を組み、文庫本片手に微笑《ほほえ》んでいるのは桜小路だ。今日はクラシカルな印象の登山服に身を包んでおり、普段よりさらに性別がよくわからない。

その向かいに座っているのは、肩までの髪を無造作にひとつにまとめた、ＣＧみたいな美貌の男。演劇学部二年で名前は山本《やまもと》ケイというらしい。大学のそばでバーテンのバイトをしている霊感青年で、瀬凪さんと蘭童共通の知り合いなのだそうだ。

こちらも見た目はあまりにも美しいが、少々度を超した無口である。最新式のスポーティーな登山装備を身にまとい、ひたすらに窓の外を見つめている。

「ケイくんも、いざとなったら背負ってくれるんじゃないですか？　こう見えて紳士だし、優しい男ですし、下戸ですから。ね？」

桜小路が話しかけても、ケイは黙って視線を桜小路に向けるだけだ。形よい唇は動く気配もない。ここまで喋《しゃべ》らないと、本当にＣＧなのではないかという危惧の念が湧く。

そこへ、瀬凪さんが唇を尖《とが》らせて割りこんできた。

「桜ちゃん、勝手にケイくんの代弁をしなーい。ケイくんは無口だけど、マイペースで自分がある子なんだから。ねー？」

ねー、と言われたケイはやっとのろのろとうなずいて口を開ける。

「………はい」

それだけか、と拍子抜けするが、そういうひとなのだろう。地元では話題になってしまうだろうが、芸術大学でなら個性として受け入れられる範囲のように思う。

ということで、僕、蘭童、瀬凪さん、桜小路、田柄、ケイ、が、今回のキャンプに集まった面々である。個性豊かだし特性もそれぞれだから、案外キャンプ向きの布陣かもしれない。少なくとも僕以外は腕力がありそうだ。

僕は携帯で時間を確かめ、マウンテンパーカーのポケットから取り出した紙の地図を広げた。泊まるのは整備されたキャンプ場でも、撮影のためには登山のまねごともする。地図は命綱だった。

「現実的な話としては、僕がマッパーをやりますね。先輩方は、自分の荷物を背負えるくらいの酔っ払い方にしておいてください」

「おおっ、堂に入っとるね。行くん、ひょっとして山、慣れてるん？」

蘭童に聞かれ、僕は首をひねる。

「どうだろう？　出身が長野だから、基礎教養レベルかな。山には親にも連れて行かれたし、学校でも年中オリエンテーリングをやらされた。あとはスキーも必ず授業でやった。全部下手くそだけど、初心者指導くらいならできるよ」

「下手くそで指導者レベルって、下手くその基準がおかしない？　しっかしまぁ、その見た目で山のひととはなー。意外やなぁ」

蘭童は変な感心をしているけれど、そんな喋りなのに関西人ではない人間に言われたくない。僕はひととおり地図を確認したのち、みんなに声をかけた。

「もうそろそろ降りる準備を始めてください。飲酒している方々は水飲んで、降りたらトイレ。山をなめるとスムーズに死にますから、気をつけてくださいね。山の春は、冬に滑落した死体がじゃんじゃか出てくる季節です」

「じゃんじゃかって、こわっ！　じゃんじゃか出るんはパチンコの玉だけでええ」

蘭童が震え上がったせいだろうか、他の面々も心なしかてきぱきと動き始めてくれる。

その後しばらく電車に揺られたのち、僕ら六人は田舎の駅に降り立った。

白い看板に真っ黒な文字で書かれた駅名は『なつやま』。

ホームから改札前に出てきた僕は、なんとはなしに路線図を眺める。すると、トイレから出てきた田柄がぬうっと隣に立って言った。

「なつやまって、夏の山ってことか？　情緒だな」

「どうでしょう。夏だろうが冬だろうが山はそこにあるわけで。わざわざ夏ってつくからには、夏に何かあるのかもしれませんよね。祭りがあるとか、夏に色の変わる池があるとか。どう思います？　瀬凪さん」

最後は瀬凪さんに話を振ったが、彼女は幽鬼のごとく横を通り過ぎていってしまう。

「しーらなーいっと。先行くよ」

「えっ、ちょっと、待って！　迷子になりますよ！」

僕は慌てて瀬凪さんを追った。瀬凪さんは一足先に自動改札を出て、ロータリーとさびれたお土産物屋が目立つ駅前を歩いて行く。

僕らはすぐに合流して、スーパーに寄って晩ご飯の食材を買いこんだ。この荷物で歩くのは現実的ではないと判断し、キャンプ場まではバスで向かう。三十分ほど揺られたのち、しばらく蛇行した道を歩いた。天気はよかったし、酒飲み組も歩行には問題なし。僕らは順調にキャンプ場へとたどり着くことができた。

売店、兼、キャンプ場事務所で受付を済ませ、僕は辺りを見渡す。キャンプ場になっている針葉樹の森は下生えもなく、すでにぱらぱらと先客の姿も見える。

「コンビニはないけど、売店に最低限のものはある。空気もいいし、水場も調理場もしっかりしてる。及第点かな」

「そんだけあったら満点にしとき。空気はいい、景色もいい、万事快調！　テント張る前に、ちょろっと撮影したらいいんちゃう？　どうです先輩。ボク、お手伝いしますよ」

蘭童は明るく瀬凪さんにお伺いを立てるが、彼女は気のない声を出す。

「んー。私の創作には、もうちょい静寂が必要かにゃあ」

今日の瀬凪さんはふわふわした様子なのに、視線ばかりはやけに鋭かった。その視線はキャンプ場の裏にそびえる山の中へ打ちこまれている。

そういえば、彼女が高校の時撮った写真も山の写真だった。瀬凪さんは山が好きなのかもしれない。好き、というか、もっと強烈な興味があるのかもしれないが。

だとしたら、そこへ安全に彼女を連れて行くのが僕の役目だ。

「瀬凪さん！」

僕が声を張り上げると、瀬凪さんはびくりとしてこちらを見た。

「はい！」

「ここはみんなで、ロケハンしませんか」

「はいぃ……？　静寂は、どこへ？」

瀬凪さんのテンションは降下傾向だが、僕は退かない。

「静寂が欲しければケイ先輩に張りついてもらって、僕らは周辺警備で構いません。メインの撮影は明日するにせよ、今日のうちにみんなで撮影スポットの見当をつけておくのは悪くないと思うんですよ。ケイ先輩は、どうですか？」

僕がいきなり話を振っても、マイペースで立ち尽くしていたケイは動じなかった。暗く静かな目で僕を見て、やたらとゆっくりうなずく。

「いいよ」

短い一言だけれど、不思議な深みのある返事だ。大型犬か、もっと大きい動物のよう。

瀬凪さんは不満そうだったが、やがてあきらめたようにため息を吐いた。

「行くんって、すぐ外堀埋めるよね。外堀埋め男だよね」

「外堀埋め男……。いきなり堀に飛びこむよりは平和じゃないですか？　もちろん、瀬凪さんが本気で嫌ならUターンします。歩いて堀の外に帰りますから」

真剣に訴えてみたものの、瀬凪さんには勢いよく顔を逸《そ》らされてしまった。代わりというのでもなかろうが、蘭童が僕の肩を軽く叩《たた》いてつっこみを入れる。

「行くんはほんとにツッコミ殺しやで。埋めるところは否定せんのかい」

「しないね、実際埋めてる自覚があるから。それで有利になるなら埋めるでしょ」

「はぁん。キミ、人畜無害な顔して、割と攻撃的なとこあるよな」

蘭童が笑いとも困惑ともとれる顔になったので、僕は今更少し反省をした。僕は瀬凪さんのことになるとどうしても急ぎ過ぎるようだ。撮影キャンプに来られたのはいいが、僕は瀬凪さんから呪いの詳細を聞いていない。まずは目の前のことに集中し、もっと穏やかに話を聞くべきだ。瀬凪さんは呪いのせいでひどく傷ついているはずなのだから。

しょぼくれかけたところに、田柄が浮かれた顔を出す。

「穴を埋める話なら俺の得意分野だぞ。不自然な穴があるとシャベル筋がうずいてたまらん。今日もいざというときのために折りたたみ式シャベル持参だ」

「田柄先輩は攻撃的というより、何事に対しても積極的というか、筋肉アピールが強いというか、そもそも山の中で何を埋めるつもりだったんです？」

僕が聞くと、田柄はこれ見よがしに折りたたみシャベルを広げた。

「いざというときのためと言っただろ。シャベル筋とは、シャベルを運び、ふるい、掘るための筋肉。つまり俺の心は、いつでもシャベルと共にあるということだ」

「わぁ、結論があさってや〜。ま、うっかり死体でも見つけたら埋めたってください」

蘭童が笑顔で返し、田柄は自分のシャベルを見る。

「可能だが、死体はさすがに通報したほうがいいんじゃないのか？」

「そこはマジで返すんですか！」

叫ぶ蘭童を横目に、桜小路があくまで優雅に顎に指を当ててコメントをした。

「思うに、田柄先輩は最初からマジ、つまり己の心に偽りなく行動されているだけなのでは？　ちなみに私のマジな気持ちを口に出してしまうなら、今このときも瀬凪先輩だけのために己が命燃やし尽くしたい、となります」

優美さと情熱をちりばめたミュージカル調のセリフ回しで言い切って、桜小路は瀬凪さんを見つめた。彼女に導かれるように五人の視線が瀬凪さんへと集まっていく。

瀬凪さんは山の方を見ていたが、やがて嫌そうに振り返った。

「わかったよ。誰か残してっても、後悔が残る。みんなで行こ」

「やったー、決定！　では、みなさん準備しましょー」

蘭童の声を合図に、僕らは一斉に動き出した。

こうして僕らは、六人で『なつやま』に入ることになったのだ。

◇

地図をよくよく読んでみると、『なつやま』は、実際『夏山』らしい。

正式名称の他の通称として紹介があった。

本格的な登山道も有する山だが、こちらは昼頃からアタックするには時間のかかりすぎるコースだ。僕らはファミリー向けハイキングコースを選び、軽装で山へと入った。

僕の提案通り、瀬凪さんのエスコートをするのはケイ。先頭を行くのは比較的地図の読める桜小路。瀬凪さんの後ろを体力がある田柄が守り、蘭童、僕という順番だ。現状では悪くない隊列だろう。あとは、余計なものに出会わないことを祈るのみである。

山にはいろんなものがあり、いる。

こうして緑の濃い空気を呼吸していると、僕は小さい頃のハイキングを思い出す。

あのとき僕は、水の音に惹《ひ》かれて登山道から沢のほうを見下ろしたのだ。沢にはマネキンみたいなものが落ちていて、その周りで何人かの人間が手を繋いで輪を作っていた。

『お父さん、お人形があるよ。あと、お祭りやってる』

僕が父親を呼ぶと、父親の形相が変わった。

『そこから離れろ！』

迫力のある怒声が響き、僕は震えあがったものだ。

あのときも春だった。

マネキンみたいなものは、冬に滑落して雪解け水に流された死体だった。

死体を囲んでいた人々は、なんだったのか、いまだによくわからない。誰も何も教えてくれなかったし、いるともいないとも言われなかった。あれは僕にしか見えなかったのかもしれないし、ひょっとしたら『見えるが見てはいけない』ものだったのかもしれない。

とにかく、山にはいろんなものがいる。それだけが真実だ。

「うっ」

「どうした、行」

蘭童が振り返る。僕はどうにか体勢を立て直して笑って見せた。

「ごめん、転びそうになっただけ。石かな」

足を引っかけたものを確かめようと、足下を見下ろす。

そこには首があった。

違う。石だ。拳より少し大きい程度の石だ。首だとしたら赤ん坊の首のサイズだ。

考えているうちに耳がぴりっとしたので、僕はせっせと耳をこすった。

「……変なこと思い出してたら、引っ張られたかも。山にも色々あるから」

僕はつぶやき、しゃがみこんで首に、違う、石に触れる。軍手をした手で苔《こけ》むした石を転がすと、下になっていたところには、にっこり笑った顔があった。

弓なりになったまぶた。かわいい鼻。品良く小さい唇。

見ているうちに、唇が開く。

「おぎゃあ」

こどもの、声。

「うわっ！」

悲鳴の固まりが、僕の喉の奥から押し出された。

僕は顔を、首を、子どもの、首を、地面に放り出す。ごとん、ごろごろ、草むらのほうへ首は転がっていく。ぶわっと罪悪感が膨らんだ。

可哀想なことをしてしまった……。

「どしたどした！　なんで尻餅ついとるん。ヘビでも出たんか？」

蘭童がこちらへ引き返してくる。

とっさに駆け寄りたくなったが、草むらから子どもの首の泣き声が響き渡った。

「あぁー……うぇーん……えーん、えーん、えーん、えぇーん……」

ごめんな。ごめん。そうだよな。首を放り出されたら、そりゃショックだよな。ごめん。

僕はよろよろと立ち上がり、十歩ほど向こうの蘭童に向かって叫んだ。

「ごめん、ちょっと僕、首を戻してくる！」

「首を？　戻す……？　なんやそれ。あ、ちょっと」

混乱気味の蘭童は置いておいて、僕は下生えを踏み越えて行く。

首はどこだ。首。このへんに転がっているはず。早く見つけないと。何せ首だ。

軍手で草をかき分けていくと、やがてぽかんと開けた場所に出た。自然にできた小広場に、苔むした巨石がうずくまっている。大きさは軽自動車くらいだろうか。

巨石の表面には、いくつもの地蔵が寄りかかっていた。

「おーい、桜小路さぁーんー！　浅井《あざい》が引っかかってしもた！　ちょいと待ってな！」

「了解ー！　瀬凪先輩、行くんが……」

蘭童と桜小路の声が、はるか遠くから木霊《こだま》みたいに聞こえている。

「どうしたのぉー？　行くん、きれいなものでもあったぁ？」

間延びした瀬凪さんの声を聞きながら、僕は地蔵の数を数えた。
一、二、三、四、五、六、七。
七体いる。七つめの首が、ない。

そして、七体目の首なし地蔵の足下に、にこにこの首が転がっている。

「瀬凪さーん！　首を戻したら、すぐに行きます！」

僕は瀬凪さんに叫び返し、地蔵の前に膝をつく。首無し地蔵の本体を軍手の手のひらでなで回し、なるべく土とこけを落とした。そうして、落ちていた首を、胴体に乗せる。

首はにこにこと僕を見ている。楽しそうな顔だ。もう泣いていない。

こうして欲しかったの？　君は、どうしてここに……。

「……行くん」

「！」

背後から声をかけられ、僕は息を呑《の》んで振り返った。

いつの間にか瀬凪さんが立っている。瞳は例の猛禽《もうきん》みたいな鋭さで、僕を通り越して、何か別のものを見ているかのようだ。

「瀬凪さん。あの、僕」

「君さ。それが、首？」

「え？　あ、はい。首……ん？　首……？」

瀬凪さんに答えて、僕はぎょっとした。なんだ、首って。

慌てて振り返ると、巨岩に寄りかかっているのは地蔵だけだ。七体の、素朴で苔むした地蔵。僕が載せた首も、もちろん地蔵の首。さきほどまでの僕は、口を開けて泣きもしない。ただの石。

こっちが正しい視界だ。さきほどまでの僕は、一体何を見ていたのか。

「ちょっとそこ、どいてくれる？」

瀬凪さんの声は、相変わらず厳しい。

「あ、はい」

言われるがままに横へどくと、瀬凪さんはいきなり這《は》いつくばった。

僕が呆気にとられているうちに、瀬凪さんは写真を撮り始める。服が土まみれになろうと気にせず、僕が頭を戻した地蔵の周辺を撮り続ける。

「始まったやん。ええこっちゃ」

のんびりした声に振り返ると、背後には蘭童をはじめとしたコンテンツ研究会のメンバーがそろいつつあった。日常の気配が濃くなったことで呼吸が楽になる。

僕はほっとして蘭童に聞いた。

「蘭童、この瀬凪さん、大丈夫だと思う？」

「大丈夫ってなんや。首だなんだ言っとるキミより大分大丈夫やろ。下から撮りたかったら、転がるんが一番早い」

「そういうもんか」

言われてみればそうなのだけれど、小説を書くのに床に這いつくばる必要はない。

僕がカルチャーショックを受けているうちに、視界が暗くなった。誰かが背後に来たのだろう。振り返る前に、後ろからケイの鋭い叫びが飛んだ。

「ヘビ！」

心臓が跳び上がる。反射的に瀬凪さんを見た。彼女を守りたかった。

すると――いた。瀬凪さんの、首のすぐ横。木漏れ日を受けてぬらりと光る美しいヘビが、鎌首をもたげている。

「瀬凪さん！」

僕は叫んだ。

「へっ⁉」

瀬凪さんが我に返って、跳ね起きる。その動きを、ヘビが追った。

「先輩！」

桜小路の悲鳴。よろめいて、地蔵に手をかける瀬凪さん。

転がる地蔵の首。

ヘビ。ヘビはどこへいった？

「ヘビ、どこだ！」

田柄がうなるような声を出す。ケイが返す。

「瀬凪先輩が落とした、石の下。潰れたと思う」

「瀬凪さん、こっち！」

僕は必死に叫び、瀬凪さんの腕を引っつかんだ。

自分のところに引き寄せ、大急ぎで巨石から距離を取る。

「瀬凪さん……」

大丈夫ですか、と言おうとして、言葉を失う。

瀬凪さんが、黒い。

瀬凪さんが煤《すす》けている。真っ黒な何かに覆い尽くされ、表情すら見えない。

「どうしたんですか……めちゃくちゃ顔色が悪いですよ」

おそるおそる、そんな言い方をした。

真っ黒な瀬凪さんは、笑っているような声で返す。

「ん？　大丈夫だよ。ただ、こう、修学旅行みたいじゃない？」

「この旅行が、修学旅行ですか？」

「そう。なんとなく、昔のことを思い出してさ」

瀬凪さんの声はいかにも力ないし、言っていることも妙だった。

僕は無意識に唾を呑みこみ、焦燥感をどうにか抑えこむ。おかしなところに踏みこんでしまった。現実からズレてしまった。そんな気分が拭えない。多少の客観性を取り戻してみれば、しばらく前から僕自身の感覚もおかしくなっていた。

転がっていた地蔵の首に子どもの顔を見たうえ、生々しい泣き声も聞いた。あれがただの気のせいとは思えない。おそらくあの地蔵には何か憑《つ》いている。そう悪い感じもしなかったけれど、念のためもっと離れよう。

僕は瀬凪さんの手を引いて、ゆっくりと歩き出す。瀬凪さんが少しでも安心すればと思い、僕は浮ついた声で冗談を言った。

「昔って、恐竜時代とかじゃないですよね？」

「さすがにそのくらいの時期は小学生くらいだったかな？　言い方が悪かったね。私、この山、高校時代に来たことあるんだ。行くんも写真見たでしょ」

「あの写真の山、夏山だったんですか！」

僕は思わず叫び、その声は山の中で妙に響き渡った。

そういうことだったのだ。この山は、瀬凪さんがあのすごい写真を撮った場所だ。瀬凪さんはもう一度写真を始めるにあたり、この場所に帰ってきた。

なぜですか、と問うていいのかどうか。迷っているうちに、瀬凪さんが聞いてくる。

「行くんって、高校の時は、どんなふうだった？」

「どんなふうって、遠巻きにされてましたね」

「いじめられてたの？」

急に険しい声を出されてしまい、僕は慌てて首を横に振った。

「いえ、単に暗くて無害な奴ポジションですよ。霊を怒鳴りつけてるとこ見られたり、中学の友達に『えせ霊媒師』って噂《うわさ》流されたりしましたしね。キレるとやばそうだからって、喧嘩《けんか》もあんまりふっかけられませんでした。休み時間は読書がはかどりましたよ」

「それってやっぱり、いじめじゃない？　気付かないふりをしてただけで」

瀬凪さんは妙にかたくなに言いつのった。喋れば喋るほど瀬凪さんを巻き取った黒いもやは濃さを増す。よくよく見ると、そのもやはぐにゃぐにゃと形を変える無数の人間の顔だった。薄目で僕を見て、笑い、ぺっと唾を吐き、嫌悪感を丸出しにして視線を逸らす。そんな真っ黒な顔が渦を巻きながら、彼女を包んでいる。

ここには明らかな悪意があった。人間に対する深い憎しみ。

そんなものが瀬凪さんにまとわりついていると思うと、僕は猛烈にいらだった。

「いじめとかいじめじゃないって、瀬凪さんが決めることです？」

強く言うと、瀬凪さんを巻いていた闇が少しだけ薄まる。驚いた顔で瀬凪さんが僕を見上げ、すぐにうつむいてしまった。

「違う。ごめん」

謝った声があまりにも悲しそうだったので、僕は途端に返答に困ってしまう。そうじゃない。僕はあなたに怒ってるわけじゃない。

「すみません、謝らせるつもりじゃなくて。あの……僕は、瀬凪さんが思うより大分性格が悪いんです。遠巻きにされるのはさみしいけど、同時にすごく楽なんですよ。友達に割くリソースを全部自分勝手に使える。僕は、その楽さが好きだった」

精一杯正直に喋ってみると、高校までの感覚がよみがえる。それはつまり地元の土のにおいであり、山の見える景色であり、コミュニケーションの濃密さでもあった。

僕の地元では、誰もが隣人の三代前までの所業を知っている。よそ者が作ったオシャレな店も歓迎されるのは最初だけで。いざ近所で犯罪でも起ころうものなら、あそこの客じゃないか、などと言われる。そういったうっとうしいものすべてを無視するためには、友人などいないほうがよかった。

「瀬凪さんは……」

どんな高校時代だったんですか、と聞きかけてためらった。

そのとき。

「おーい！」

「田柄先輩？」

僕は立ち止まり、声のした方を振り返った。元来た道のほうから声がした。

ちょっと妙な声だった気もするが、とにかく、残った四人のうちの誰かだろう。

まだそう遠く離れてはいないはずだと思ったのに、目の前は完全なミルク色だった。霧だ。気付けば、伸ばした指先すら見えないくらい霧が濃くなっている。

ひやり、と腹の底が寒くなった。

ここはこだ？　方角は？

蘭童は？　ケイは？　桜小路は？　田柄は？

わからない。地蔵から離れようとして歩き過ぎてしまった。はっきりした道を歩いてきたつもりだが、霧のせいでどこが道かもよくわからない。

まずい。これは、遭難寸前だ。

「行くん？」

心配そうな瀬凪さんの声をきっかけに、冷や汗が吹き出した。瀬凪さんを助けたい。瀬凪さんだけは、どうにかして助けたい。昔見た水死体みたいにはしたくない。

そのために、どうしたらいい？

「おーい、おーい！　助けてくれ！」

「あ……さっきの声だけど、田柄先輩じゃないですね」

僕はつぶやいて顔を上げる。二度目の声ではっきりわかった。これは田柄ではなく、知らない成人男性の声だ。聞こえた方角に目をこらすと、木々の上のほうが霧から突き出している。霧は重く地面を這っているのだ。

いくらかほっとして、僕は周囲を見渡す。

「いた……木の上だ！」

「いたって、何？　どこ？」

瀬凪さんが聞いてきたので、僕は指さす。

ほど近い巨木の上だった。枝の間に立ち、登山スタイルで手を振ってくる男の人がいる。小脇に荷物を抱えていた。彼の装備の確かさに、僕の安堵《あんど》は深まった。あの人と合流すれば、無事に山から下りられるかもしれない。

「木に登って、降りられなくなったひとがいます。瀬凪さん、ちょっとここで待っててください。僕、あそこまで行って、話を聞いて来ますから」

僕は早口で言い残すと、瀬凪さんの腕を放した。やわらかな暖かさが指から逃れていくのがどうしようもなく寂しいが、今は男性を助ける方が先だ。見失わないように上を見たまま、足早に進んでいく。背後から瀬凪さんの声が追ってくる。

「待って、行くん！　そっちには木なんかない！」

「ありますよ！　霧が深いから……」

霧が深いから、見えないんだと思います。

言い終える前に、足が急斜面を踏んで、滑った。

つるり、と転倒したひょうしに、木の上に乗っていた男と視線が合う。

正確には、男が小脇に抱えていた首と視線があう。

男には、首がなかった。

荷物に見えていたのが首だ。

首は笑っている。湾曲したまぶた。その下で僕を見ている目。楽しそうな、顔。

——騙《だま》された。

目の前がさっと暗くなる。

次の瞬間、ぐん、とシャツの袖を誰かに引っ張られた。

続いて、瀬凪さんの切羽詰まった声。

「行くん！」

「瀬凪さん⁉　危ない！」

瀬凪さんが僕の袖をつかんでいる。僕が叫んだときには、瀬凪さんの体も急斜面に放り出されていた。僕らはすごい勢いで、腐葉土の上を滑り落ちていく。

「瀬凪さん！」

低木の茂みに引っかかり、何かが引きちぎれる。さらに落ちながら、僕は叫ぶ。

どっ、と彼女の体が滑落する僕の肩にぶつかった。がむしゃらにつかみ、引き寄せようとした。ほとんどは偶然だっただろうけれど、瀬凪さんの体は僕の腕の中に入りこむ。

僕は必死に瀬凪さんを抱きこんで、どこまでも、どこまでも落ちていった。

◇

いーち。

いーち、にーい、さーん、よーん、ごー、ろーく、なな。

誰かが数を数えている。

いーち、にーい、さーん、よーん、ごー、ろーく、なな。

幼い声。老人の声。震える、女の声。
……何がそんなに、悲しいんだ？
いーち、にーい、さーん、よーん、ごー、ろーく。
ろーく。
……ろく。
数が進まなくなる。六の先がない。声が涙声になっていく。
かわいそうに。かわいそうに。かわいそうに。かわいそう。かわいそう。かわいそう。
かわいそう。かわいそうに。かわいそう。かわいそう。
かわいそうなら、数えよう。
「なな……」
僕はつぶやき、その声でふっと覚醒した。
「……い、いててて……」
起き上がろうとして、全身があちこち痛むのに気付いた。
古い板の間のにおいがする。小さい頃習っていた習字教室で嗅いだようなにおいだ。あ
そこは、築百年にも届こうという古民家だった。
「気が付いた？　よかった……どこか痛くない？」

ひどく心配そうな声がして、僕は懸命に薄目を開ける。周囲はやけに薄暗い。目の前に瀬凪さんの顔があった。潤んだ瞳には、暗い板の間の室内と僕が映っている。僕はただちに飛び起きようとしたが、体がついてこなかった。何もかもが重くて、痛い。すぐにできたのはせいぜい、かすれ声で囁くことだけだ。

「瀬凪さん。怪我……」

「私はかすり傷だけ。君は頭を打ったのかな、気絶してたから心配したよ」

かつてなくか細い瀬凪さんの声に、僕の心も不安に陰る。僕は注意深く起き上がり、途中で鋭い頭痛を感じて顔をゆがめた。

「いでで……」

「無茶すんな〜。ほんま、命があるだけめっけもんなんやで」

呆《あき》れ果てたような蘭童の声に、僕はまぶたを痙攣《けいれん》させる。意識して目をこらすと、薄暗い室内には見慣れた人影が溜《た》まっていた。そのひとつに向かって、信じられない思いと共に僕は問う。

「蘭童。なんでいるの？」

「なんでやろな。一緒に霧に巻かれて、死んでもうたからかな？」

「そういうことか。ごめん、蘭童」

すとんと納得して謝ると、蘭童は派手に叫んだ。

「納得すな、謝るな、ちゃうわ！」

蘭童の後ろからぬうっと顔を出したのは、田柄だろう。

「みんなして追って来たんだ。怪我で意識朦朧《もうろう》となった浅井を背負ってきたのは俺だから、あとで何か恩を返すように」

「返します、すぐ返します。っていうか、滑落したのを追って来たって言いました？」

ちょっと意味がわからなくて、僕は繰り返してしまう。誰か、もっと詳しく状況を説明してくれる人物はいないのだろうか。僕と視線が合うと、部屋の隅で膝を抱えていたケイは謎の会釈をし、桜小路は壁にもたれたまま口を開いてくれた。

「我々は一蓮托生《いちれんたくしょう》だ——という意見はなかったよ。ただ、誰もろくな装備もなかったし、霧は人生を思わせるほどに深かった。バラバラになるのは危なかろうというのと、私はどうしても瀬凪先輩を放っておけないというのが重なり、結果こうなったのさ」

こんなときでも自信たっぷりに瀬凪さんへの愛を語れる桜小路は、すごい。桜小路や僕らのことを思って『滑落する僕らを追う』という選択をした他のメンバーもすごければ、誰一人怪我した様子もないのがすごい。喧嘩ひとつしていなさそうなところもすごい。

すごい、すごいと胸中で繰り返すうちに、僕にはなけなしの平静さが戻ってきた。

僕はありがたくも瀬凪さんの手を借りて、どうにか体を起こす。

「状況は、なんとなくわかりました。それで、ここは……？」

周囲はどうやら、古民家の一室のようだ。

正方形の部屋は天井も床も板張りで、四方は板戸に囲まれている。鴨居《かもい》にはいくつかの額や民芸品らしきものが乗り、経年ですっかり黒ずんだ木の天井からは古風なランプがつり下がっていた。明かりはそれだけ。

山小屋、というには、端正すぎる作りの家だった。何も埃かぶっていないし、汚れやカビの気配もない。古い古いお屋敷の一室といったイメージだ。

「田柄先輩がキミを背負って、さてどうしよう、となったときに、ボクがこの家の明かりを見つけたんよ。山中なのに立派なお屋敷でなぁ。遭難者には慣れてるってことで、ひとり暮らしのご主人が一晩宿を貸してくれてん。警察にも電話で一報入れてくれたようよ」

板の間にあぐらをかいた蘭童が、ゆらゆらしながら説明する。

なるほど、と言いかけて、僕は言葉を呑みこむ。

今の話、どこかが妙だ。

具体的には、どこが妙なのだろう?

考え始めたところで、乾いた音と共に板戸が開く。

「おや、起きたね」

ベルベットみたいな肌触りの声がして、僕は視線を跳ね上げる。半分ほど開いた板戸の向こうにたたずんでいたのは、意外なくらい若い男だった。二十代半ばくらいか。したたるような色気のある顔に笑みを浮かべ、筋肉質な体を暗色の着流しに包んでいる。

「はい。あの、ありがとうございます」

耳鳴りを感じてくらっとしてし、僕は緩慢に頭を下げた。

着流しの男は、笑い含みの声で答える。

「いいんだよ。こんな立地だろう？　遭難者には慣れている。ここは客間とは名ばかりで、遭難者用の部屋みたいなものさ。わたしは芦屋《あしや》と言います。遅くなったけれど、布団を持ってきたから、使ってね」

そう言って男が板戸を全開にすると、旅館じみた布団の山が視界に入った。桜小路がほっとした顔になり、布団の数を数え始める。

「ありがとうございます。怪我人もいますし、疲れてもおりましたので、お心遣いに感謝いたします。一、二、三、四、五……五組ですか？」

言われて見れば確かに五組だ。僕らの人数は六人。一人分、布団が足りない。

布団をわけあうなら、僕と蘭童だろうか。それか瀬凪さんと桜小路？　田柄は物理的に大きいので一緒は避けたい。そもそもここが大きなお屋敷なら、男女で部屋を分けることも可能なんじゃないだろうか。

考えているうちに、着流しの男、芦屋はゆったりと微笑んだ。

「うん。五組。ほのかはわたしと話があるんだ」

ほのかという名には聞き覚えがある、と思ってから、ぎょっとした。

瀬凪ほのか。それは瀬凪さんの名前。

僕は芦屋を凝視した。こいつは瀬凪さんを名前で呼んだのだ。

芦屋はただ穏やかに目を伏せて、僕の傍らの瀬凪さんに語りかける。

「そうだったよね、ほのか？」

「……はい」

幽霊じみた声で言い、瀬凪さんが立ち上がる。

僕は信じられない気持ちで瀬凪さんに視線を移した。こんな彼女は初めてだった。幽鬼のごとく力なく、意思を感じさせない目で芦屋の後ろについていく。

芦屋と瀬凪さんが出て行くと、板戸は残酷なくらいにあっさり閉まった。

閉じた板戸の向こうから、男の声が響いてくる。

「あ、そうそう。夜の間は、トイレ以外ではこの部屋から出ないほうがいいよ。古い家だから、暗くて広いんだ。怪我でもしたら大変だ。それじゃあ、おやすみ」

優しい挨拶を残して、芦屋と瀬凪さんの足音は遠ざかっていった。

残るのは、静寂と薄闇のみである。

「と、いうわけなんよ」

ぼそりと言う蘭童。すかさず桜小路が口を挟んだ。

「蘭童。今の言い方は感心しないね。そんな言い方で行くんが納得できるか？　少なくとも私なら納得はしない。あとほんの少しだけでも、言葉を選ぶべきだろう」

彼女の目もひどく暗いのを見て、僕は少しだけ呼吸が楽になる。やっぱりこの状況は異常だ。異常で、異様で、こんなときだけれど、僕は、瀬凪さんの名前を呼ぶ男の出現に傷ついてもいいんだ。

次に口を開いたのは、田柄だった。

「しかし、どう選んでも事実は事実だ。浅井。ここの主、芦屋さんは瀬凪先輩の高校の先輩だったらしい。ここで会ったのは偶然なのか、瀬凪先輩が狙ったのか、そこはわからん。聞いてはみたんだが、返事がなくてな」

偶然なのか狙ったのかわからない。わからないだろうか。本当に？　少なくとも、僕にはいくつかわかったことがある。僕はのろのろと顔をあげ、ひしゃげた声を出した。

「どう考えても、おかしいです」

「そうだな。このような山奥で若い男が一人暮らしというのは、基本おかしい。とはいえ、彫刻学科の教授たちにはそういうタイプが多い」

したり顔でうなずく田柄に、僕は食らいつくように反論する。

「あのひとは彫刻学科じゃありません！　そもそもここって、個人所有の山じゃないですよね？　県のハイキングコースと登山道があったし、地図には国有林って書いてあったはずです。そこにお屋敷が建ってること自体おかしいと思いませんか？」

「ん？　おや？　そうか」

田柄が何度か首をひねってからうなずき、蘭童は眉間にしわを寄せる。

「気付いてしもた？　実はボクも、そこは気になっとった。真面目に考えると怖いことになりそうな予感がして、考えんようにしとってんけど」

「考えろよ、蘭童。考えれば無事にやり過ごせるかもしれないんだから。どう考えてもこの状況はおかしいし、あの芦屋っていう男も、それに対する瀬凪さんの反応も完全におかしい。瀬凪さんは言ってたんだ、高校時代にこの山に来たことがある、って」

「それは本当のことかい、浅井くん」

桜小路が真剣な声を出した。僕は自分のこめかみを押さえてうなずく。

「本当です。瀬凪さんは高校時代にここに来た。ここで素晴らしい写真を撮って、コンテストに入賞もしたんです。けれど今の瀬凪さんは呪われていて、心霊写真しか撮れない。呪われた理由はわかりませんが、再び写真を撮りたいと思った瀬凪さんはこの山に戻ってきた。なら、きっと何かあるんだ。この山に、何かがある。この、なつやまに」

言葉にしていくにつれて、どろどろの疑念が硬くなっていくのがわかった。疑念は僕の脳内でさっき見た巨石の形になり、地蔵の首になり、優しく笑う芦屋の顔になる。

聞いていた蘭童が、ひどく黒い目をして口を開いた。

「そういやキミ、入山当初からちょい変やったな。地蔵の首もってうろうろしたりしとったけど、何か見えてたん？」

「見えた。大岩のところに七体の地蔵があって、七体目に、子どもの霊が憑いてた。でも、ただの子どもっていう感じでもなくて。じゃあ何かっていうと、わからないんだけど……あー、クソ！　役立たずだな、僕は！」

ひとつひとつ思い出してみるものの、幽霊や怪異の細部の記憶は曖昧だ。地蔵のことも、僕を呼んだ木の上の人のことも、何か手掛かりを得られるほどには思い出せない。

僕は無力感に頭を抱えた。

「なんで僕には特殊能力がないんだろうな？　半端な霊能力じゃなんにもならない、超記憶力があるとか、人の本心を見抜く力があるとか、そんなほうがマシだった。せめてどっかの寺か神社で修行でもすりゃよかった……」

低くうなる僕の頭上で、蘭童があっけらかんと言う。

「何言うとるん。キミが霊能力者としてヘボなんは、最初からや」

「こんなときに、はっきり言うか？」

蘭童の言葉は僕の胸に深く刺さった。が、逆にそれで風通しがよくなったのかもしれない。ほんの少しだけ気が楽になり、僕はどうにか姿勢を正す。

蘭童は僕を見下ろして続けた。

「こんなときだからはっきり言うよ。キミはヘボや。ヘボやから真面目に調べるし、考える。それでいくつも解決してきたやん。ボクはあれ結構感動したし、安心したのよ。怪異は相手を知ることでやり過ごせる。だったらボクも、今後の人生どうにかなるなって」

「蘭童」

僕は彼の名前を呼んで、その後に何を言っていいのかわからなくなってしまう。じわり、と体の芯が温かくなり、そのまま涙がこぼれそうになった。僕は慌てて腹に力をこめると、蘭童の腕に触れてゆさぶる。

「蘭童。僕ら、友達になろう」

僕が言うと、蘭童はぎょっとしたように目を剝《む》いた。

「待って、まだ友達じゃなかったん？　ほんと、待って⁉」

「いや、ごめん、友達だよ。多分世間的には充分友達だったよ。でも、ほら、こんな話は十年後にするもんだと思ってたから、つい」

「阿呆《あほ》！　今頑張らんと、十年後どころか明日もないわ！　ほれ、考えるのも調べるのも手伝うから、行ちゃんも頑張りなさい」

優しく叱ってくれる蘭童に恐縮しつつ、僕はスマホを取り出してみた。

薄々そんな気はしていたが圏外だ。山中でスマホは使えないことが多いし、怪異のど真ん中でも圏外になることは多い。今回はおそらくはどちらも原因なのだろう。

「スマホは無理。図書館に行くわけにもいかない。だったら、何を調べるか」

僕は小さく口に出した。今までやってきたことを大急ぎで思い返す。思えば今までの僕は、現代社会にずいぶんと助けられてきたのだった。こうして山の中に放り出されてみると、すぐに無力感が押し寄せてくる。

やっぱり、無理なんじゃないか。

そう思ったとき、田柄が言う。

「難しく考える必要はないんじゃないか？　俺たちは怪異の真ん中にいる。怪しいものを、端から調べていけばいい」

「なるほど。でも、具体的に何でしょう」

考えこむ僕に、田柄はヘッドロックのポーズを取ってみせた。

「芦屋だ。あいつは確実に何か知っている。このシャベル筋で吐かせてみせる」

「待ってください、いきなりプロレス技はやめてください。あいつには僕の耳が反応しました。多分……少なくとも、まともな人間じゃありませんよ」

僕は早口で言った。そうしないと、田柄はとっとと芦屋を探しに行きそうだったのだ。早く、他の案を考えなければならない。

芦屋が怪しいのは大前提として、他に怪しいのはこの山そのものだ。

「できれば山全体を調べたいけど、そういうわけにもいかない。夜の間は屋敷から出ないほうがいいとも思う。ここには屋根もあるし、明かりもある」

僕が口の中で独り言を転がしていると、ふと蘭童が口を挟んだ。

「本当にあるんやろか」

「何が、本当にあるって？」

僕の問いに、蘭童はちらちら周囲を見ながら答える。

「お屋敷や。こんなだだっ広い家、それも山中の日本家屋を一人で維持するなんて不可能ちゃう？　はっきり現実直視すると、このお屋敷が一番怪しい」

僕は少々戸惑った。言われてみればそのとおりだが、足の下にはしっかりした板の感触があるし、古い家のにおいもする。そのうえ、霊感のないメンツにも見えている。

僕は考えをまとめきれずに口を開く。

「それって、屋敷そのものが怪異ってことか？　そんなことあるか？」

「……迷い家、なんじゃないか？」

静かな声が差し挟まれて、僕は壁のほうを見た。口を挟んできたのは桜小路だ。彼女は腕を組み、舞台上の探偵のように物憂く喋る。

「遠野《とおの》物語を代表とする民間伝承だよ。君たちも聞いたことくらいはあるだろう。村人や旅人が山で迷った末に、不思議な無人の家を見つけて富を持ち帰る話さ。我々も、山で迷って不思議な家に着いた。状況は同じじゃないか？」

言われてみれば状況は酷似している。僕は真剣に腕を組んだ。

「そうか。そういうこともある……のか。怪異は人の思いの残り香みたいなものだと思っていたけど、山にはもっと大きな、別種の怪異があるのかもしれない。霊感のないはずの父も、山の中では不思議な存在が見えていたふしもあります」

問題は、この屋敷が迷い家ほど好意的なものに思えないところだ。芦屋のどこか甘ったるい禍々《まがまが》しさを思い出すと、僕はいらだちと恐怖でぞくぞくするのを感じた。

そのとき、蘭童が膝を叩いて立ち上がる。

「よっしゃ、そいじゃ、調べる対象ははっきりしたな。この屋敷が怪しいんなら、家捜しや！　まずはやってみよ」

彼の明るい声は、人を動かす力があった。

僕らは反射的に立ち上がり、最初は慎重に、段々と大胆に、室内を探って回る。

会話には参加しないケイも、長身を生かして鴨居のものを下ろすなどの手助けをしてくれる。ほとんど家具のない部屋ではあったが、鴨居に引っかかった写真や、置かれていたオブジェ、部屋の片隅に引っかけてあった本などはそこそこの量だった。

僕らは戦利品を床に並べ、じっくりと眺める。

「神社で撮られたっぽい写真がありますね。ずらっと近所のひとが並んでる」

僕が指さしたのは、黄ばんだモノクロ写真だ。当時ですら古びていたであろう神社前に、村人らしき人々が並んでいる。服装は洋服であったり、着物であったりとまちまち。この時点でおそらく、明治、大正、昭和初期のものであろうと見て取れる。

「昔は神社や寺が戸籍管理をしたり、学校や寄り合い所みたいな役割もしていたからね。何かの記念日に撮ったのかな」

桜小路のコメントは知的だ。蘭童は同じ写真を見つめて首をひねった。

「服装からして、正月じゃなさそうやな。祭りか？　後ろんとこ、神社は神社だけど絵馬堂ってやつやろ。ほら、後ろんとこ、暗いとこ、びっしり絵馬《えま》や。……絵馬か？」

「そうだね。絵馬だと思うけど、大きい気がするな。遠近法も考えると、かなり」

僕は蘭童の横で首をひねる。絵馬堂の格子戸は開かれており、その奥には無数の絵馬がかけられている。田柄が大きな体を丸めて写真をのぞきこみ、きっぱりと言った。

「こりゃ特殊な絵馬だな。全部人物画で、縁起物っていうより似顔絵だと思うぞ。それぞれ顔が違う。素人絵だろうが統一感はある。ある程度型はありそうだ。つまり、この土地にはこういう絵馬を描いて飾る習慣があった、ということになるな」

「なるほど。絵馬に人物画を描くって、不思議な風習に思えますね。普通は干支とか、縁起物とかの絵を描いて、お願い事を書くものだから……いや、でも、どこかで聞いたことがあるな。確か、未婚で死んだひとを、絵馬の中で結婚させる風習」

喋り始めてから、僕は背筋がぞわりとするのを感じた。

似顔絵絵馬が、死んだひとを供養するためのものだとしたら、これだけの人数が、この絵馬堂の周囲で死んだことになる。一体いつから続いている風習なのか知らないが、山奥の集落だとしたら多すぎないか？

壁がもりっと膨れ上がるほどの絵馬。

それが全部、死者の顔。

僕が絵馬について考えこんでいるうちに、桜小路は古い本を広げていた。

「こっちは古い時刻表だね。ええと……昭和初期……？　これ、役に立つかな？」

「わかりませんが、興味はあります。よく残ってたな」

僕はいったん絵馬のことを横へ置いておき、時刻表をのぞきこむ。埃《ほこり》まみれの薄いページをめくってみるが、なつやまの記載はなかなかなかった。路線は確かにこの辺りのものなのだけれど、とぺらぺらやって、僕は唐突に気付く。

記載は、あった。

ただ、僕に見えていなかっただけなのだ。

僕は顔を上げ、ページの端を指さした。

「あの、これ、見てください！」

思わず声が大きくなる。弾《はじ》かれたように、ケイをのぞいた全員の顔が集まってきた。

「んんん？　ななつやま？」

指さした駅名を読んでくれたのは、蘭童だ。

意味を呑みこむまでに数秒があり、徐々に場の空気が緊張する。

「これ、ひょっとして、ここか！」

弾かれたように顔を上げ、蘭童が言う。僕は必死にうなずいた。

「ここは昔、ななつやまだったのかもしれません」

そう。僕が指さしたのは、『なつやま』ではなく『ななつやま』。このときの時刻表には、この山の最寄り駅はななつやまとして記載されている。

ななつ、は、七。

七体いたお地蔵さまからしても、ここは七に意味がある場所なのだろう。そしてその意味は、名前を変えてまで隠したい意味だった。山盛りの絵馬が目の前にちらつく。

「行」

不意に部屋の隅から名を呼ばれ、僕はひゅっと息を呑んだ。声が飛んできたほうを見ると、ひとりで板戸に張り付いていたケイがこちらを見ている。

僕はなぜかぶるっと震え、ケイに答える。

「はい！　どうかしましたか、ケイ先輩」

「声」

「声って……？」

「壁から、声がする」

ケイにしては奇跡的にはっきりとした答えが返ってくる。嬉しいが、嬉しくない。こんなにはっきり返されてしまったら、無視するわけにもいかないからだ。

声とはなんだ。なんの声だ。芦屋か？　正直それも嫌だ。だけど、別の声だったらますます嫌だ。その他の可能性は、瀬凪さんか。ケイが聞いたのが瀬凪さんの声だったなら、僕もその声を聞きたかった。たとえ悲鳴や断末魔でも、聞かないよりはまし。

「……っ」

不吉な想像が僕の足を速くした。真っ黒にいぶされた板壁に駆け寄り、僕は壁に耳をつける。たたたたたっ、とんとんとんっ。やけに響く小さな音。足音か。猫か。

いや、違うな。もっと体重がある。何かが壁の向こうを走っている。

とととととん、とんっととん。

一体じゃない。二体。……三体？　もっと。もっともっと。

「ひとーつ」

板一枚を隔てた壁の向こうで、誰かが囁く。

ひっ、と悲鳴が喉に引っかかった。反射的に耳を壁から離す。

耳がひどくしびれている。怪異の徴《しるし》だ。僕は耳を引きちぎりそうな勢いでこする。

向こうから、けけけっ、と笑い声が響く。そして。

「ひーとつ、ふーたつ、みー、よー、いつー、むー、なな！」

かすかな声。節がある。歌声か。

向こうにいるのは――ひとだ。

生きてはいない。死人。

「ななつめーはくびおちる、ななつ、ななつの、ななつもり」

こどもが歌っている。耳は相変わらずびりびりしていたが、不思議と嫌な感じは薄れてきた。こどもたちの声は明るくて、楽しそうで、もっと聞いていたくなった。

僕は吸い寄せられるように壁に張りつき、歌の続きを聞く。

「じーじ、ばーば、とーと、かーか、あにい、おねえ、わたしはなーしーよ」

くすくす、けらけら笑いながら、こどもたちは歌う。たまに、どすん、と尻餅をついたような音、もみ合っているような気配もある。みんな楽しく遊んでいる。

ここはみんなの遊び場なのか。そんなところに、どうして僕らは来てしまったのか。

芦屋は、瀬凪先輩は、どうして。

考えようとしたときに、ケイが口を開く。

「だーれのくーびがおーちーた？」

「えっ」

思わず声を出してしまってから、僕は慌てて自分の口をてのひらで塞ぐ。

そのまま振り返ると、ケイが涼しげな無表情で座りこんでいる。

今のは本当にケイの声なんだろうか。信じられないような気持ちでいるが、同時に信じるしかないとも思っている。顔のきれいさとは裏腹に体は結構たくましいタイプのケイだが、さっきは完全に女児の声を出していた。

その声につられてか、ばらばらばらっと、板戸の向こうから声が返る。

「わたし」

「わたし」

「おれ」

「わたし」

「おれ」

次々に答える、声、声、声。続いていく声の連鎖は幼かった。

だが、突然老人の声になることもある。

「あたし」

「わたし」

「わし」

「わたし」

「わたし」

「ぼく」

どこまでも続く声を聞きながら、僕はふっ、と息を吐いた。

ここに何があるのか、わかった気がした。わかっても爽快感などみじんもない。むしろひどくもやもやしたものを抱えて、僕はつぶやく。

「わかったと思います。ここにいるのは、みんな『七人目』なんです。多分発端は、間引きでしょう。山間部の村は貧しいことが多い。ここは、本当は『七ツ山』だった。おそらく、そうですね……祖父母、両親、兄、姉で六人家族。ここまでは許容範囲」

喋り始めた僕を、みんなが見ている。コンテンツ研究会のみんなと、さらに、もっと視線がある気がした。壁からも天井からも、誰かが、僕を見ている。僕が何を喋るのかを気にしている。足下から震えが上がってきて、僕は歯を食いしばった。

「……でも、三人目はダメ。三人目が生まれたら、間引かれる。子どもか、老人か、どちらかが席を譲る……姥捨《うばす》て山だったんだ、ここは」

「間引き……」

桜小路はつぶやき、田柄は難しい顔で黙りこんでいた。ケイは相変わらずの沈黙。

口を開いたのは、引きつり笑いを浮かべた蘭童だった。

「だったら行、急がなあかん。だってボクら、瀬凪先輩入れて六人よ。さっきの芦屋入れたら、七人になる」

言われて、僕は、やっと気付いた。そういうことだったのか。七つ目が転がった地蔵の首。一度もどしたものの、ヘビに邪魔されてやっぱり首は落ちてしまった。この山は人間の慣習を、そこから生まれた怨念を、いまだに忘れていない。

七人になってしまったら、きっと、誰かが間引かれる。

その前に、瀬凪さんを助けなくては。

「え……？　あ……！」

◇

「おーにさんこーちら、てーのなーるほーうへ」

淡々とした美声が闇に響くと、きゃあきゃあ、わあわあと楽しげな声が沸き起こる。ケイが間引かれた死者を集めるために、鬼ごっこを始めたのだ。

そのあまりの効果に、僕は闇の中で顔を引きつらせた。

「ほんとに、どうにかなりそうですね」

僕がつぶやくと、田柄がうなずく。

「あとはケイに任せて、行くぞ」

「はい……！」

僕は答え、恐怖を感じる前に足を速めた。田柄がすぐ後ろをついてくる。

廊下は闇が深いが、ぽつり、ぽつりとランプは灯《とも》っている。

さっきまで辺りを満たしていた子どもたちの気配は、みんな背後で『かくれおに』を始めたケイのほうに群がっていた。あんまりにも無口でさっぱりわからなかったが、おそらくケイには霊感がある。あるが、恐怖が欠落している。でなくて、あんなことができるだろうか。

「いてっ」

考えている途中で、耳がひどく痛む。

「どっちだ？」

背後から田柄が聞いてくる。そう、この暗く広い屋敷の中で僕らが頼りにしているのは、僕の怪異を察知する感覚のみなのだ。芦屋を初めて見たとき、僕はひどい耳鳴りを感じた。あれは多分、芦屋がこの世の者ではない証。

あれと同じ感覚を追っていけば、おそらく、芦屋のところへたどり着ける。

そこに瀬凪さんもいるはずだ。

一刻も早く瀬凪さんを見つけて、ここから逃げ出さなければいけない。そのためには、多少の危険は呑みこまなくちゃならない。探索役を買って出たのは、メンツの中で一番霊感のある僕と、腕力のある田柄だった。

僕は、痛む耳を押さえて辺りをきょろつく。

「この感じは、芦屋とは違うような……」

そこまで言って、息が詰まった。

廊下の片側は障子で、外側に板戸がかけられている。その障子の上部。横長の明かり取りが、一カ所開いている。そこから、気弱そうな女性がこちらを見下ろしていた。

「……すみません」

囁くような声。僕の舌は恐怖でこわばった。

それを見て、女性はますます申し訳なさそうに言う。

「すみません。うちの子ども、来てませんか？」

「わかりません」

「そうですか。あの。あなたは……」

最後まで聞かずに、僕は足を速める。田柄が案外音もなくついてきて、囁く。

「どうした？　なんだ、今の『わかりません』は」

やっぱり田柄には見えていない。説明するのも怖くて、僕は小走りでとにかく先へ進む。

いくら和風建築といっても、明かり取りは天井すぐのところにある。そこからあんなふうにのぞきこめるのは尋常ではない。

「すみません。どうぞ中へ、って、言ってくれませんか？」

背後から女の声が追いすがってくる。悲しそうで、心細そうな声だ。

母親なのだろう。おそらくは、子どもを間引いてしまった母親なのだろう。後悔しながら死んで、死んでも子どもと会うことができなくて、まだ探し続けているのだろう。

可哀想に、と思いかけて、僕はぐっと拳を握る。

ダメだ。やみくもに同情してはいけない。

死んだ人間だろうが生きた人間だろうが、最後まで面倒を見切れない相手を背負うのはダメだ。僕は平凡な十八才で、大した才能もなく、実績といったらひとつもなく、霊能力はヘボなのだ。そんな人間なのに、僕は瀬凪さんを救いたい。

ならば瀬凪さんを救うことだけ考えろ。それだけできたら奇跡と思え。瀬凪さんを助ける。あなたの声を聞く。あなたの写真を、見る。息を詰めて、痛いほどに神経を研ぎ澄ます。耳鳴りするのを感じる。この感じには覚えがあった。緊張を強いる、嫌な感じ。できればこの感じから逃れたい。でも、僕はその感じを手掛かりに近づいて行く。

真っ暗な廊下を曲がる。と、視線の先に光が見えた。

板戸の隙間から、うっすらと光がこぼれている。

何度か瞬《またた》くが、光は消えない。本物だ。僕は振り返り、田柄にうなずきかける。

田柄は無言でうなずき返し、近くの柱の陰に隠れた。僕は心臓がどきどきと音を立て始めるのを感じながら、改めて足音をひそめる。

一歩、二歩、三歩。近づいていく。

「……嬉しいよ。メール、見てくれて」

木戸の向こうから声が聞こえ、僕はびくりとした。

一度足を止め、さらに慎重に光が漏れる板戸ににじりよった。

耳を澄ませると、がたん、という椅子を引いたらしき音まで聞こえる。

「ずっと君を呼んでいたんだ。でも、来なかったでしょう？　今年こそ来てくれるんじゃないか、来年こそは来てくれるんじゃないか、ひょっとしてメールを見忘れてるんじゃないか、そんなふうに思ってた。だけど、本当は、ずーっと見てたんだね？」

芦屋が、妙に甘い声で喋っていた。

「怖かったんです」

対する瀬凪さんの声は、ひどく細くてぼうっとしている。

そんな声を聞くと僕の胸はかあっと熱くなる。さっきまでひたひたに恐怖が入っていたところに、どくどくと怒りが注ぎこまれてくる。すぐにも乱入したくなってしまうが、まだだ。落ち着け。相手は怪異なのだ。もう少し、「やり過ごす」やり方を模索したい。

僕は板戸の隙間にそっと顔を近づける。部屋の中には、いくつものランプがつり下がっていた。明るいはずなのに、部屋の隅は妙に暗く見える。まるで洞窟の中のようだ。

ランプの明かりがぼうっと照らす、その下に瀬凪さんがいる。

彼女の後ろ姿を見た途端、痛いくらいに心臓が跳ねた。

一人がけの黒いソファに座った瀬凪さん。うなだれた彼女の背中は、ひどく煤けて見える。長い黒髪には艶がなく、瀬凪さん自身を絡め取るようにまとわりついていた。

芦屋は瀬凪さんと向かい合って、奥の方に座っているのだろう。ここからは姿が見えない。瀬凪さんはうつむいたまま、ぼそりと言った。

「……ごめんなさい。先輩のことを、こんな山の中に置いていって」

瀬凪さん。嘘《うそ》でしょ、と言いたかった。

一度跳ね上がった心臓が、ひどくせわしないペースで打ち始めた。怖かった。恐ろしかった。怪異よりも、何よりも、瀬凪さんの言葉が恐ろしかった。

本当に？　この男を怪異となしたのは、あなた本人なんですか？

「もっと言って。わたしに謝って。もっと聞きたい」

甘ったるい声で芦屋が求める。瀬凪さんは震えながら続ける。

「ごめんなさい。ごめんなさい。ごめんなさい。ごめんなさい……」

求められるままに、何度も、何度も、何度も、震える声で続く謝罪。

怒りと不安が血に乗って全身を巡る。熱い。何があったんだ。知らない。瀬凪さんが何をしたのかは知らない。でも、なんだよ、その言い方は。

見るからに後悔してるじゃないか、瀬凪さん。

あげく、お前、笑ってるのか？

「単調だなぁ。単調すぎてつまんなくなってきた。もっと工夫しなさいね。頭を使って。ほら、考える時間をあげるからね。……その間、暇だねえ。昔の話でもしようか？　わたしが、ほのかの代わりに『七人目』になったときの話とか？」

七人目。その言葉が、僕を少しだけ正気の岸に引き戻した。

この山では、七人目が間引かれる。そして芦屋は、瀬凪さんが高校生だったころ、瀬凪さんの代わりに七人目になった……？

ひょっとして、瀬凪さんと芦屋は、全部で七人でこの山に登ったんだろうか。その数が七ツ山の因縁に反応して、『七人目』になった芦屋が「迷《まよ》い家《が》」に閉じこめられた？

理屈は通っている。問題は、『七人目』が選ばれる基準だ。

瀬凪さんは芦屋を先輩と呼んでいた。ということは、芦屋は瀬凪さんより年上だ。『七人目』に子どもが多かったとはいえ、必ずしも年齢順で犠牲になる者が決まるわけではない。実際、間引きされたらしき霊の中には老人もいた。となると、基準がわからない。

僕が考えているうちに、瀬凪さんが口を開く。

「私は、できるだけ……」

「今、喋っていいと言ってないけど？」

「ごめんなさい」

ああ、くそ、殴りたい。やめてくれ、怒りに流されると、何も考えられなくなる。

僕は拳を作り、てのひらにぎりぎりと爪を食いこませて怒りを抑える。

「いいよ。そんな悲しそうな顔しないで。喋っていいよ、ほのか」

甘く尊大に男が囁くと、瀬凪さんが震える声を紡ぎ始めた。

無様にゆれ、よろけ、かすれる声で、それでも瀬凪さんは語り出した。

「私は、先輩を『七人目』にしないように、頑張りました。部長たちに土下座して、なんでも言うこと聞きました。コンテストに写真を出すのも辞めた。そうしないと……私の代わりに先輩を『七人目』にするって、部長たちに脅されてた」

僕は一瞬混乱した。瀬凪さんはなんの話をしている？

山の怪異の話じゃなさそうだ。部長とか、コンテストとか。

これは、高校時代の部活の話か……？　そういえば瀬凪さんは、山を歩いているときに、いじめだのなんだのの話をしていた。『七人目』というのは、山の怪異じゃなく、瀬凪さんの高校で行われていたいじめの話なのか？

「うんうん、わかるよ。わたしを守ってくれてたんだよね、ほのかは。君はいつもとっても優しい彼女だったから」

変に柔らかかな、芦屋の声。わずかなラグがあってから、僕の胸はむかついた。

優しい彼女、っていうのは、瀬凪さんのことだ。

瀬凪さんは、芦屋と付き合っていたのだ。

瀬凪さんは、芦屋が好きだったのだ。

めまいがする。吐きそうだ。

「――だけどどうしてあのとき、わたしを捨てたんだい？」

ぬるい芦屋の声。途端に、瀬凪さんの声が跳ね上がった。

「捨てたのは、先輩のほうでしょう！　あのとき、この山に入った途端にみんな様子がおかしくなった。普段は私をいじめてるだけなのに、みんながギスギスして、罵り合い始めて。殺されるかもって思うくらいだった。私は、先輩と一緒に、逃げて、逃げて――」

噛みつくように始まったセリフは、段々と力を失っていく。

瀬凪さん。

最終的に、瀬凪さんは涙声になった。

「そのあと、私のカメラ、取ったじゃないですか……。カメラ取って……私を落としたでしょ⁉　斜面に放り出して、落ちていく私を見て、先輩、笑ってたじゃないですか‼」

血を吐くみたいな叫び声に、僕は死ぬかと思った。

めまいは直らないし、実際その場にうずくまった。泣きたかったけれど、泣いてる場合じゃないことだけはわかっていた。瀬凪さん。その名前を、お守りみたいに胸の真ん中に置いて、繰り返していた。――瀬凪さん。

芦屋は言った。

「うん。そう。そこまではなんとなく部内で決まってたことだった」

「なんで？　部内で？　なんで？」

瀬凪さんは、それだけ言って絶句する。

芦屋は続ける。どこまでも続ける。

「君がずるかったのが悪いんだよ。だって、みんなのことバカにしてたでしょう？　そういうことはね、やっちゃいけないんだ。元から美人なんだから、あとはなるべく目立たないようにしてないと。だけど君、気は強いし、親は金持ち。入部のときから自前のすごいカメラだし、アドバイスしまくるし、完全に天狗《てんぐ》。あれはまずかったね」

「……私」

「いいなあ、弱々しい顔、かわいいなあ。もっと早くそういう顔をしてればなあ。君はさ、ずるい上に強かったから。全力で殴らないと勝てないって、みんな思ったから。だから『部の伝統として七人目は奉仕しなきゃならない』とか、変な話をでっち上げて君をいじめたの。なのに君は、それすら耐えた。耐えるから、もっと攻撃しなきゃならなくなった」

「私、でも、覚えてます。先輩だけは、私に優しかったたし、私を、かばってくれたし、そのせいで、先輩が『七人目』にされかけたり……」

複雑骨折してぐちゃぐちゃになったような声で、瀬凪さんが囁く。

この先を聞きたくない、と思ったけれど、僕は金縛りに遭ったかのように動けなかった。

そして、芦屋はさらりと言った。

「茶番だよ。味方が裏切ったほうがダメージいくかなっていうんで、わたしが偽の恋人役に立候補したの。でもわたし、ほのかのこと好きだったよ？ みんなにいじめられてぐちゃぐちゃになって、わたしの腕の中で泣いているほのかのことは、大好きだった。最後に写真だけ残していなくなってくれれば、もっともっと大好きになれると思った」

だけどねぇ、なんで君、この山で死ななかったんだろう？

芦屋は無邪気に言った。

「この山の撮影合宿で、わたしが君を斜面に落としたじゃない？ そのあとわたしも道に迷ってしまって、気付いたら君のカメラもなくしてたんだ。で、この家の前に着いた。不思議なんだよね、この家。入った途端に、誰かに囁かれたみたいにわかったんだけど、この山に七人で入った人間は不仲になり、一人を排除するんだって。その一人はグループの中で一番要らない人間で、『代わり』が来るまでこの家で過ごすんだって」

ペラペラと喋ったのち、多分芦屋は瀬凪さんを見つめたんじゃないだろうか。

嫌な間を置いてから、ふわっと続ける。

「合宿メンバーも七人だった。でも、要らない人間はわたしじゃなくてほのかだよね。だからほのか、代わってよ。わたしの命令、聞けるよね」

「先輩……」

瀬凪さんの背中が震えるのを見て、僕は、叩きつけるように板戸を開ける。

「失礼します！」

後先考えずに室内に踏み入った。耳どころか、びりびりと全身がしびれる。

ここが怪異の吹き溜まりなのは、はっきりわかった。わかったけれど、何も怖くないくらいに怒りが僕を突き動かしていた。

どこかぬるついた床を踏んで瀬凪さんの前に立ち、芦屋を見る。

彼は闇の中にいた。ランプの光が届かない闇の中に気配だけがある。

芦屋は僕に気付くと、なぜか、さも嬉しそうな声を出した。

「あれ。君、無事だったの？　君たちは六人。僕を入れて、七人。君、おとなしくて、つまらなさそうで、一番に排除されそうなひとだったのになぁ」

「僕が無事だったのは、うちの部員がお前と違って全員真っ当だったからですね、このゲス野郎」

きっぱりと言い切ると、瀬凪さんの目がまん丸になる。

「行くん」

囁く瀬凪さんのほうを見たかったけれど、それよりも先に、芦屋に言うべきことがあった。僕は息を吸いこみ、一気にまくし立てる。

「あんたが生きてるのか死んでるのかは知らないが、人間の言葉がわかるんなら言っておきたいことがある。あんたも他の写真部員とやらも、なんでもかんでも他人がずるいってことにして自分ではなんにも責任取らない、ただのクソ野郎だ。自分は空っぽのくせに、何かやったような気になってんじゃねえ。もう死んでるのかもしれねーけど、死んでてももういっぺん死んでこい」

叩きつけるような怒鳴り声じゃなかったけれど、かつてない怒気がこもっていたと思う。

その証拠に、部屋の闇はずるりと後退したように見えた。ランプの明かりが芦屋のつま先をなめる。土に汚れたぼろぼろの足がちらりと見え、芦屋は闇の中に足を引いた。

「……わかった。君、ほのかが好きなんだね。でも、君は本当のほのかを知らないよ」

それでも余裕そうに微笑んで、芦屋は闇の中に立ち上がる。

初対面のときは呑まれそうになった彼に向かって、僕ははっきりと言う。

「知らなくていい。僕は、瀬凪さんが僕に見せたい瀬凪さんだけを見る」

芦屋が黙る。その顔にランプの光が差しこんだ。

元から白かった顔色が、さらに青白く変色して見える。ランプの明かりは暖色なのに、それでもごまかせないくらいに白く、ふやけた肉が、端からどろどろと垂れ下がっていく。

重力に負けて頭蓋骨から滑り落ちていく。目の周りは、真っ先に肉が剝がれ落ち、白い骨がちらりと見えた。続いて眼球もとろんとこぼれ落ちてくる。

死人の顔だった。冬に死んで、春に出てくる、山の死人の顔。

手を繋いだ人々に囲まれていた、あのときの死人と、同じ顔。

「行くん、君……本当に、行くん？」

背後から、びっくりしたような声がした。まだ力なかったけれど、僕の知っている瀬凪さんの声だった。僕は振り返るなり、瀬凪さんの腕を取る。

「本物です。さ、瀬凪さん、逃げましょう！」

「え？　あ、はい！」

つられて叫んだ瀬凪さんを引きずるようにして、僕は部屋から飛び出した。

直後、ばたん、と板戸が派手な音を立てる。芦屋が板戸にすがったのだ、と思った。力が失せた体を、部屋から引きずり出すために。

「――ほのか。わたしを置いていっていいと思ってるのか……」

地を這うような声。たわむ板戸。

「とう！」

間髪容れず、田柄が外から板戸に前蹴りを食らわす。

板戸は見事に外れ、芦屋のほうへ倒れかかった。あらわになった室内は蜘蛛《くも》の巣だらけで、錆《さ》びたランプだけが、きこきこと揺れている。

ランプの光がばらまかれるたび、壁に小さなひとの顔が浮かび上がった。

「絵馬だ……」

僕は呆然《ぼうぜん》とつぶやき、すぐに我に返った。

ぼんやりしている瀬凪さんを抱きかかえるようにして、僕は廊下へ飛び出す。

きこきこ、きこきこ、廊下に下がったランプも揺れる。

さっきまでは何もなかったはずの壁に、残らず絵馬が見えた。

子どもの顔、老人の顔、青年の顔、少女の顔、赤ん坊の顔。結婚式をあげているふたりの笑顔。顔、顔、顔、顔、顔、顔、顔、顔、顔、顔、顔、顔、顔、顔、顔、顔、顔。

黴《か》び、ひびわれ、朽ちかけた絵馬で何重にも、何重にも覆われ、ありとあらゆる壁がぷっくりと太っている。水死体のように膨れ上がった屋敷を、僕らは必死に走って行く。

しばらく走っていると、廊下の向こうに蘭童の姿が見えた。

「行、こっちや！　ここ曲がったら玄関や！」

「ありがとう！　田柄先輩は！」

振り返ると、田柄がこっちへ駆けてくる姿が見えた。

力強い姿にほっとして、蘭童に視線を戻す。

「蘭童も行こう！」

「わーっとる。ケイ先輩！」

蘭童は、僕らが最初にいた部屋のほうを振り返ってケイを呼ぶ。

ほどなく、真っ黒な固まりがぬうっと僕らの前に現れた。うぞうぞと動き回る闇の固まり、とでもいえばいいのだろうか。びりびりと耳がしびれて、僕は思わず飛び退いた。

「うわっ！　どうなってんですか！」

「死霊の着ぐるみみたいだ……」

引きつった瀬凪さんの言い方がいつもの調子だったので、僕はちょっと元気が出る。

蘭童は、あー、と言いたげな顔で自分の頬を引っ掻《か》いた。

「やっぱ、憑かれとる？　ずっとあの部屋で『七人目』の相手しとったから。なんとなく体が煤けとるなーとは思ってたんやけど」

「いいよ。僕がどうにかする。――離れろ！」

思い切り息を吸って、怒りと共に怒鳴りつける。

芦屋への怒りがまだ熾火《おきび》みたいにくすぶっていたせいか、ストレートに強い声が出た。ケイを覆っている死霊たちは、見るからにビリリと震える。が、離れるのには足りない。もやもやと輪郭をあいまいにしたのち、再びぴったりとケイを覆い尽くそうとする。

もう一度、と息を吸ったとき、蘭童が片手を挙げた。

「行、ちょいとボクに試させてくれへん？」

「いいけど、蘭童って雑魚霊感だよね？」

「お互いさまやろがい！　多分、ケイ先輩にはこっちやろ。――お疲れ様ですッ！」

蘭童は妙に威勢よく言い、死霊に巻かれたケイに頭を下げる。

ほとんど間を置かず、黒いものの間からぬうっときれいな顔が出てきた。

僕は、ひっ、と息を呑み、瀬凪さんも硬直する。

ケイだけは淡々とした顔でそこに突っ立っていた。彼がまとっていた死霊たちは真っ二つに割れ、それこそ着ぐるみみたいに脱げて足下にわだかまる。すっかり元の姿に戻ったケイは、蘭童にきっぱりとお辞儀をした。

「あ、はい。お疲れ様です」

「え……どういうこと、蘭童？」

戸惑いながら僕が言うと、蘭童は玄関に向かって歩き出しながら早口で答える。

「んーと、演劇業界のひとは大体こういう感じよ？　挨拶でばしっと厄落とし、ならぬ役落とし。ちなみにこの役は、役割の役な？　わかる？」

「……納得はいかないけど、まあ、わかった」

ここで納得いくまで立ち止まっているわけにもいかない。

僕は瀬凪さんを引っ張って、蘭童の後を追う。

闇の向こうで、桜小路が手を振っていた。

「瀬凪先輩！　ご無事でよかったです！　ここから出られます！」

嬉しそうに叫んだ桜小路の声が、最後だけ涙でにじむ。

ちらと瀬凪さんを振り返ると、彼女はぼうっと玄関のほうを見つめていた。

その顔が、ほんの少しだけ、ぎこちなく笑う。心がここにないような、幽霊みたいな笑顔。それでもいい。とにかく、まずはここから出られればいい。

「行きましょう、瀬凪さん！」

僕は瀬凪さんの手をぎゅっと握り直し、引っ張った。高さのある上がり框《かまち》から飛び降りる。靴を拾って、とにかくそのまま、僕らは家の敷居をまたいだ。

◇

「芦屋はさ。私の、高校の時の先輩だったんだ」

瀬凪さんが、ぼそり、と言った。

「——はい。だろうな、と思ってました」

答える声は、どことなくぎこちなかったかもしれない。

芦屋のいた屋敷から逃れたあと、僕らは巨大な倒木の陰に座りこんでいた。体力を温存し、朝を待つのだ。もちろん、こんなときに待つのは怖い。芦屋が追いかけてきたら、と思いはする。でも、無駄におびえて動き回ったほうが危険なのが、夜の山だ。

ほう、ほうほう、と夜の鳥が鳴き、かさっ、かささっ、と、何かの足音がする。

瀬凪さんは、僕の傍らで、ぽそぽそと喋る。

「だよね。高校の時、私は写真部に入ってた。コンテストの受賞者をばんばん出すので有名な学校だったんだ。入部したら撮影旅行にも連れて行ってくれるって話で、私、部活を目当てに高校を決めた。……だけど、そこが失敗だったよね」

「好きなことをやるのが、失敗ですか？」

僕が言うと、瀬凪さんはちょっとうなずいた。

「そう。うちはさ。放任で、お金もあって。やりたいって言ったら、なんでも買ってもらえた。写真部に入って初めて、あれっ、自分のカメラ、高いな、って気付いたからね。先輩たちはお下がりとか、バイトで買った中古品とかだった。写真歴も自分が一番長くて」

「なんていうか、格差があったんですね。カメラも、技術も」

「うん。だからついついアドバイスとかしちゃってね。機材も貸したりして、それでも、楽しくやってたつもりだったんだけど。……ある放課後、暗い雨の日だった。部室に行くと、電気が消えていた。薄闇の中、他の六人の部員がずらりと輪になって、私を見た」

見たこともない薄暗い教室の風景を、僕は思う。

コンテンツ研究会の部室とはまるで違う、じめついた雰囲気。黴《か》び臭い中から、瀬凪さんを見る目。嫉妬と、鬱屈の視線。そして、瀬凪さん。

今よりも幼くて、今よりも無邪気だった瀬凪さん。

「部長は厳かに、『これからあなたを七人目にします。これは部の伝統です』って言ったよ。最初は意味がわからなかったけど、結局、私をいじめるっていう宣言だった」

すっかり落ち着いた二十代の瀬凪さんが、声を細らせて言う。

僕は合計一万文字くらいの思考をしたのち、短く言った。

「……やっぱり、『七人目』っていうのは偶然だったんですね」

「ん？　偶然とは？」

瀬凪さんが、拍子抜けしたような声を出す。

多分、いじめのことをつっこまれると思ったのだろう。僕も、そうしようかとは思った。でも、もっと先に聞くべきことがある。

僕は慎重に続ける。

「僕らが調べた範囲では、この山にも『七人目』が間引かれるっていうしきたりがあったみたいなんです。それで偶然、瀬凪さんたちも『七人目』をいじめるっていう変なことをやっていた。その二つがうっかり重なって、呼応した……」

「偶然ねえ。そっか、偶然か。……あはは、だから先輩、ここから出られないのか。そう思うと複雑だね。芦屋先輩、私の写真が好きなのだけは、ほんとだったと思う。お前の写真はすごいって言って、生意気な私をいちいちかばってくれて。……なんか、ごめんね」

「僕に謝るとこ、ありました？」

「謝りたかったんだよ。謝らせて」

「……はい」

僕は落ち着かない気分で言い、瀬凪さんは小さくため息を吐いた。

「とにかく私、夢中だったんだ。それこそ写真が手につかなくなるくらい、先輩だけを見てる時期があった。でも、結局部長にバレて。部長、どうしたと思う？ ……よりによって先輩のほうに『七人目』、つまりいじめられ役を移す、って脅してきたんだ」

「……なんですか、それ。その方が瀬凪さんにとって負担だから、ってことです？ 普通にえぐいですよね。やくざですか、その部活は」

声がとげとげしくなってしまうのは、仕方のないことだと思う。

瀬凪さんはちょっと笑って、声を小さくした。

「行くんって、無害そうな顔していっつも過激だよね。なんなんだろうね、ああいう、閉鎖空間でうまーくひとを支配する奴。私も自分だけならつっぱれたのに、先輩のことは守りたかった。必死に部長たちの言うことを聞いて――そして、撮影旅行で、私たちはこの山を登った……」

段々と彼女の声が震えを帯びる。

黙って聞いていられなくて、僕は早口で割りこんだ。

「あとのことは、僕も大体聞きました。瀬凪さんたちは山の呪いに引っ張られて、喧嘩をしたんですよね。それで、瀬凪さんは芦屋と逃げて、その……」

「うん。滑落して、死ぬ！　と思ったけど、落ちた先が登山道でさ。他の登山客に助けられたんだ。先輩に取られたカメラもすぐそばに転がってて、データも無事で。——帰ってこなかったのは、芦屋先輩だけ。……結局、彼を『七人目』にしちゃったんだ、私」

瀬凪さんは囁き、ふっつりと言葉を切った。

沈黙にひやりとした冷気が流れこみ、あははは、と、どこかから笑い声が響く。

僕らは全員びくっとして、周囲をうかがった。多分鳥かなにかの声だ。わかってはいるけれど、どうしても怖い。僕はぎゅっと腹に力をこめて囁く。

「ちなみに、他の写真部の五人はご健在なんです？」

「そのときは、無事に下山したよ。だけど後が悪かった。事故とか、病気とか」

「……なるほど」

「で、他の五人が怪我をするたび、私の写真には心霊の姿が増えたっていうわけ。私が写真学部に入って、卒業制作に取りかかるころには……もう、提出できるような写真は一枚も撮れなかったよ」

核心を語る瀬凪さんの声は、少し柔らかすぎるようだった。優しいようでいて、そこには全然感情がない。あるとしたら、からからに乾いた絶望だけだ。

僕は息を潜めて考える。彼女の絶望について考える。

瀬凪さんはどれだけいじめられても、写真部を辞めようとはしなかった。それだけ写真にしがみついていた。そんなひとが、思うような写真を撮れなくなった。確かに大怪我だ。腕どころか、頭がないような大怪我だ。

「芦屋先輩からは、何度かメールが来てた。『わたしと代わってくれ』って」

瀬凪さんが囁く。僕は、ごくりと唾を呑んだ。

「……今回は、そのメールに従ったんですね？　僕の、せいです？」

からからの喉からかすれ声を振り絞る。瀬凪さんは笑ったようだ。

「違うよ。全部私のせい。今までの話聞いて、瀬凪さんかわいそーって思った？　残念でした。私はずるいからね。芦屋先輩を山に取り残して来たっていうのに、撮った写真はコンテストに出したんだから。ほら、行くんも見たあの写真。呪われて当然じゃない？」

妙に明るくなった瀬凪さんの声に、僕はぞっとする。この明るさはあんまりいい明るさではない。その証拠に、僕の耳はわずか、痛み出していた。

「やっぱりね、この山に残るべき、要らない人間は私だと思うよ。私が来なければあの部が変になることもなかった。なのに芦屋先輩を身代わりに置いてきちゃってさ。今回も、君たちがついてくるのを止めなかったでしょ？　多分私、味を占めたの。君らの誰かを身代わりにできるかも、って考えたんだと思うよ？」

瀬凪さんの声は段々とヒステリックな笑いを含む。

僕は、きっぱりと言った。

「いい策じゃないですか」

「ん？　何が？」

呆気にとられた瀬凪さんの声。僕はたたみかける。

「身代わりを用意してアタックするのはいい策だと思います。瀬凪さんはいつでも現実的だ。怪異はやり過ごせばいいと知ってるし、そうしてきた。今回もやり過ごすために、できるかぎりのことをしたってことでしょう。いいと思います」

「いや、え、本気？　行くん」

「僕は本気ですよ、瀬凪さん。怪異をやり過ごそうとするのも、写真をやり続けようとするのも悪じゃない。そのために他人を蹴落としたり、利用したりするのは悪かもしれない。でも、他人を蹴落とさず、利用せずにつかめる星なんかありますか？」

喋りながら、僕は自分が興奮しているのを感じた。悪い興奮ではないと思う。過去の瀬凪さんは僕が思うような瀬凪さんではなかったけれど、それ以上に、猛烈に写真に執着した人間だった。それが、よかった。そのことに、興奮していた。

僕の声はうわずった。

「あなたを最初に見た時を覚えています。あなたは虚無の青空をにらみつけていた。心霊写真しか撮れないカメラを首からさげて、挑む目をしていた。あなたは諦めたりしていなかった。挑み続けていた。勝つ気だった。好きでした。好きになりました。写真を撮りたいあなたを、僕は好きになりました」

「…………行くん、その」

「僕は、僕が好きになったあなたのために、あなたの怪異を『やり過ごし』ます」

高揚感と共に言い切ると、瀬凪さんは完全に黙ってしまった。

僕は、ちょっと酔っ払いみたいになっている。頭はくらくら、興奮していて、めまいがして、怒っているときと同じくらい、もう何も怖くない。

どさくさに紛れて、好き、と言ってしまった気がするけれど、それも、もういい。

無事に朝を迎えられるかもわからないのだ。言いたいことは言ったほうがいい。

「……なー、行……」

おそるおそる、といった感じで蘭童が言った、と思うと、桜小路が叫ぶ。

「ばかっ、今声をかけるところか？」

「……んぁ？　うぉっ、ちょっと寝てた！」

「…………？」

桜小路の声で、倒木に背をもたせて寝ていた田柄とケイが起きたようだ。

普通、この状況で寝られだろうか。このメンツは完全に異常で、完全に心強い。

中では一番一般人に近い蘭童が、情けない声を出した。

「いやぁ、ボクも手伝うで、大体同意見や、って言いたかっただけなんですぅ」

「そんなこと、口で言わなくてもオーラで示せばいいだろう」

叱りつける口調の桜小路に、蘭童は小声で反論する。

「常人はオーラなんぞ出んのです。桜小路先輩と一緒にしないでください！」

「……改めて、変わってるね、このメンツ」

瀬凪さんがぽそりとつぶやき、僕はちょっと身を乗り出した。

「変わってますし、根性もあります。あなたに身代わりにされたって、自力で下山するタイプばっかりですよ。瀬凪さんは、まずは自分を助けてあげてください。高校の撮影旅行で、あなただけ直接的な被害を受けなかった理由から考えましょう」

「それは、だから、私が先輩を身代わりに……」

「それ以外の理由はありませんか？　周囲と違うことをしたとか、特別なものを持っていたとかは？　当時のことが、今後無事に下山するヒントになるかもしれません」

僕の問いに、瀬凪さんは考えこんだようだった。

彼女は当時の人間関係ばかり気にしているが、この山にはそもそも呪いがある。瀬凪さんが生還したのには、何か理由があるのではないだろうか。

「お守りとかは、何も持ってなかった。私だけやったことと言えば、写真を撮ったことかな。他のメンツは気味が悪いだのなんだの言ってろくに撮らなかったから。私は撮って、そう……それが、心霊写真だったっけ。コンテストに出したのとは違う写真だけどね」

心霊写真。

そう聞いたとき、いくつかの記憶が連続して引きずり出された。地面に這いつくばって写真を撮っていた瀬凪さん。壁にびっしりとかかっていた絵馬。似顔絵。

僕は勢いこんで聞く。

「瀬凪さん。ちなみにそのときの写真って、まだ持ってます?」

「ある。スマホにも、画質落としたのがあるけど……見る?」

「見ます。当然見ます。電池平気です?」

淡い興奮にせかされながら、僕は言う。

気圧《けお》されたのか、瀬凪さんは急いでスマホを取り出してくれた。

「まだ多少は。すぐ電池切らすから、携帯充電器三つ持ってるし」

「うかつなのか慎重なのかわかんないな、最高です!」

やけっぱちに近いテンションで言いながら、僕は瀬凪さんからスマホを受け取った。ぼうっと灯った液晶パネルの明かりで、青ざめた瀬凪さんの顔が闇に浮かぶ。もっと見たい気持ちをねじ伏せて、僕は瀬凪さんのスマホを見た。

そこには、少女がいた。

いつのものともしれない、安っぽいけれど派手な柄の着物を着た少女だった。彼女は緑の中にぽつんとたたずんでいる。よくよく見ると、彼女の立っているところは緑の間を流れる沢の真ん中だ。いかにも流れが速そうで、子どもがたたずんでいられるはずがない。しかも彼女は、素足の白さまで全部が見える。

川底ではなく、水面に立っているのだ。

普通は、悲鳴をあげるほど怖い写真だろうと思う。

「なんだか、きれいですね」

僕はつぶやいた。

なんだろう、このきれいさは。驚くほどの緑の鮮やかさ。残酷なくらいにドラマチックな陰影。その中に呑みこまれた少女は、自然だった。そこにいることに違和感はなかったし、むしろ、景色の一部としてあまりにきれいだった。

生きていても、死んでいても、いいじゃないか。

普通に、そう思える写真だった。

これは、当たりだな、と思う。さっき脳のどこかがひらめいて生まれた推測。あの推測はきっと当たっている。そう思える写真だ。

「きれい？　本当にそう思う？」

瀬凪さんが聞いてくる。僕は迷わずうなずいた。

「思います。きれいな写真だ。この子も、嫌がってないように見える」

「だといいな。……実はこれ、私も、きれいだと思って撮ったんだ。明らかにおかしなものが見えているのはわかっていた。でも、どうしてもきれいに思えた。だから、撮った」

写真のことを語る瀬凪さんの声は、温かい。

けれど、あるところで、またふっと暗くなる。

「でも、これが悪かったのかもね。私の不用意な行動が、後々まで祟《たた》った……」

「いや、逆なんじゃないでしょうか」

「……逆？　逆って、何が？」

さっぱりわかっていないふうの瀬凪さんに向かって、僕は怒濤《どとう》のように喋り始めた。

「つまり、瀬凪さんは、この写真のおかげで生きて帰ってこられたんです。何から説明しようかな――そうだ、絵馬堂。思い出してください、さっきまでいた怪しい屋敷。あそこは絵馬だらけでしたよね？」

「うん、そうだったけど……それがどうしたって？」

「この山にはそもそも絵馬堂があったようです。ここで間引かれたひとたちが自分たちを祟らないように、亡くなったひとを美しく描いた絵馬を奉納した。その風習はおそらく途絶え、昇華されなかった亡くなった方の思いが『七人目』の呪いになってしまった。瀬凪さんは、そんな方の美しい写真を撮った――」

いったん言葉を切ると、瀬凪さんがちょっと声を大きくして言った。

「つまり、私の写真が、絵馬の代わりになったってことか？」

「そうです！　瀬凪さん、今回も写真を撮ってましたよね。あの、地蔵のところで。ひょっとして、あそこでも何か見えていたんですか？」

「うん。そう、これだ」

瀬凪さんは慌てて、首からかけていたデジタル一眼のスイッチを入れる。小さなモニタに映し出されたのは、そこで折り重なって眠っている六人の子どもたちだった。そしてそれを、ひとりの中年男性が見守っている。

穏やかな昼下がりのピクニックみたいな、平和な景色。言われなければ心霊写真とはわからないくらいの、かわいらしい写真。

僕はこんなときなのに、ほっと気持ちが緩むのを感じた。

「この写真もきれいだ。この写真を絵馬として、下山できる可能性はありそうです。この人、子どもを見守ってる男性のほうは、僕も見覚えがあるな」

「ひょっとして行くんが斜面から落ちたとき見たのって、この人？」

こういうところは、瀬凪さんは理解が早い。霊感がある相手と喋るのは本当に楽だ。今更ながらに自分の幸運を噛みしめながら、僕はうなずく。

「そうです。僕、この人に呼ばれて斜面から落ちて、芦屋の家の前まで滑っていったんだ……。あの、地蔵の頭を落としちゃったのと関係があるのかな」

僕が考えこんで、沈黙が戻る。

あはははは、と、また笑い声が聞こえた。

僕らはまたびくっとして、でも、前回よりは慣れてしまっている自分たちに気付く。

鳥の声ですかね、などと言おうとしたとき、また、聞こえた。

わはははは。あははははは。あは。あは。あははははは。

今度は止まらない。

はあ。はあ。はあ。あはははははは。わははははは。あは。はあ。はあ。はあ。

笑い声に、息を切らす音が交じる。

耳がびりりと痛んだ。

鳥の声じゃない。

ひとだ。

「…………来た」

押し殺した声を出して、僕はバネ仕掛けみたいに顔を上げる。

どっどっどっどっ。体全体が心臓になったような、鼓動。がさがさと、下生えがかき分けられる音。水と土のにおいが色濃く漂い、どさっ、どさっ、と、重い足音が響く。

「まだ、こんなところに、いたんだね……ほのか」

甘ったるい声が、やけにゆっくり喋る。

「うわっ、来よった！」

蘭童が悲鳴をあげ、他のメンバーも次々立ち上がる気配があった。

僕は、闇の中に瀬凪さんの手を探した。彼女の上着に触れた指をぎこちなく移動させて、湿った手をつかむ。瀬凪さんはすぐに僕の手をつかみ返した。痛くなる寸前まで力をこめて、僕らは手を握り合った。

立ちましょう、と心で囁いて立ち上がると、瀬凪さんもすぐに立った。

どさっ、どさっ、と、足音は続いている。

闇が濃くなっていく気がする。周囲の空気が泥のにおいになる。

呼吸が苦しい。腐臭のする泥が、ぬるぬると鼻孔に入りこんでくる。

甘いため息が聞こえる。

「ねえ、ほのか。お願いだ、戻って？　お願い……わたしをひとりにしないで」

今まで聞いた中で一番弱々しい声で、芦屋が囁いている。

気持ち悪い豹変《ひょうへん》ぶりに、僕は反射的に顔をしかめた。瀬凪さんは一度だけ全身を強く震わせて、僕の腕にすがりついてくる。僕はとにかく脇を締め、彼女を自分に近づける。

どさっ、どさっ。足音。

あと、何歩のところだ？

十歩かもしれないし、五歩かもしれない。

腐臭は濃くなり、芦屋の声は近づいてくる。

「君がいなくなって、やっとわかった。——君が好きだ」

なんだ、それ。こんなときなのに、僕は今にも怒鳴ってしまいそうだった。

今更、なんだ。さんざん瀬凪さんを苦しめた後に、なんだ？　守ってやるべきときには守らなかったのに、なんだ？　瀬凪さんの体はこわばっている。芦屋は続ける。

「わたしがバカだったんだ。ほのか、お願いだ、戻ってきてくれ。わたしの代わりになんかならなくていいよ。ずっとふたりで、ここにいよう？」

畜生。黙れ。そんな情けない声を出すな。可哀想な声を出すな。くすぐってくるなよ。

僕はいらだつだけだけど、お前に惚《ほ》れた相手なら、くすぐられちゃうだろ。勝ったと思うだろ。結局自分が勝った。恋に勝ったと、思うだろ。いじめられて、コントロールされていた自分が、ついに、逆転した、って。

「——芦屋先輩」

瀬凪さんが囁いた。ひそやかな声に、僕の心は傷ついた。

もう、あなたがその名前を呼ぶことすら嫌だった。

「私……先輩からのメール、ほんとは嬉しかったです」

聞きたくない。聞きたくない。でも、心のどこかではわかっている。

僕の知っている瀬凪さんはいつだって、恋する瞳で怪異を見つめていた。怪異の向こうの死を。そしておそらくは、芦屋を見つめていたのだ。芦屋をここに置いていった瀬凪さんは、自分の心のどこかも、ここに置いていった。

芦屋の声がする辺りで、ねばついた闇が渦を巻いた気がした。よく見ると闇には顔があった。あざ笑う顔。目を細めた顔。嫌悪の顔。虚無の顔。無数のひしゃげた真っ黒な顔。

それを見つめて、瀬凪さんは続ける。

「メールのあなたは優しかった。戻ってこい、一緒にいようって言ってくれた。……嬉しかった。ものすごく怖かったけど、嬉しかったです。あなたに呪われるの、嬉しかった」

苦しい。悲しい。僕の胸の中にも闇がわだかまる。目の前で渦を巻いた闇からは、ぬうっと白い手が突き出してきた。瀬凪さんの眼前だった。

「ほのか。おいで」

芦屋の囁きと共に、白い虫が五匹生えてるみたいな手がうごめいた。

僕は、とっさに瀬凪さんを抱きこもうとする。が、瀬凪さんは僕から腕をほどいた。

「瀬凪さん」

思わず呼んだ。瀬凪さんの体温が離れていく。

僕を軽く押しのけて、僕の前に立つ。

瀬凪さん。

二度目は声が出ない。

瀬凪さん。

三度目、心で呼んだ。

瀬凪さんは言った。

「だけど私、今はあなたと居たくない。あなたと居ると、写真が撮れない」

震える声だった。情けない声だった。それでも、彼女はカメラをとった。

芦屋の手がゆうらりと揺れ、その横に真っ白な顔が浮かび上がる。もう死相を隠せていない。端整だった顔は溶けかけたゴムの仮面みたいにゆがみ、かろうじて頭蓋骨から垂れ下がっている。ぐんにゃり伸びた唇の奥で、歯列がうごめく。

「ほのか」

芦屋は囁き、その指はのろのろと唇の横に移動した。爪のない指が、自分の唇と頬の肉を、ぐい、と上へ引き上げる。

笑いだ、と思った。

芦屋は、顔筋の死んだ顔で笑おうとしている。

その顔を真っ向から見つめて、瀬凪さんは鋭く言った。

「笑わないで。あなたを、撮りたいから」

「……そう」

芦屋はつぶやき、ぱたり、と手を下ろす。

瀬凪さんはすかさずカメラを構えた。ファインダー越しに芦屋を見る瀬凪さんの目は、どんな目だっただろう。見なくても、僕にははっきりとわかる。あの目だ。猛禽の目だ。何かに挑む目だ。僕が、好きになった目だ。瀬凪さん。

かしゃり。

一度だけのシャッター音。

瀬凪さんはしばらく動かなかった。

やがて、ゆっくりと顔からカメラを離す。そうして、液晶に映った写真を芦屋に見せた。

「ほら。きれい」

瀬凪さんの声は涙声だった。

ぽとぽとと、土に瀬凪さんの涙が落ちていく。泣きながら、彼女は続ける。

「私、帰るよ。まだ、写真を撮りたいんだ」

芦屋はじっと液晶を見つめていた。見つめながら、緩慢に首をかしげる。

首が回る。回る。回る。回る。

「そう……」

つぶやきながら、芦屋の首はどんどん回っていって、ぶちん、と切れた。重い音を立てて芦屋の首が地面に転がる。同時に、四方からぶわっと黒いものが芦屋の首と体を覆った。

闇だ。あの、人の顔をした闇だ。覆い尽くされた芦屋は、ひどくのたうつ。

「逃げたほうがいい」

急に美声で囁いたのは、ケイだった。

その言葉で呪縛が解けたかのようになる。僕は叫んだ。

「瀬凪さん！」

「行くん。行こう」

瀬凪さんは振り返り、迷いなく僕に手を伸ばした。僕は瀬凪さんの手を取った。

僕らは手を繋いで走り出した。

ケイと、田柄と、桜小路も、素早くきびすを返して走る。

はっ、はっ、はっ、と、自分の荒い息がまとわりつく。視界はあいかわらず、ひどく悪い。夜の森で走るなんて自殺行為だ。わかっているけれど、止まれなかった。背後から、ざりざり、さりさりと音がするのだ。足音じゃない。たとえるなら、無数のヘビが地を這いながら追ってくる。そんな音。

多分、あの闇だと思う。この山にわだかまっている、人の顔をした闇。あれがあらゆるところを這いながら、僕らを追いかけてくる。迫ってくる。

早く、もっと早く、と走りながら、僕は妙な気分になる。

おかしくないか？　山の中を走るなんて昼間でも大変なのに。夜なんかに走ったら、あっという間に転んだり、灌木《かんぼく》につっこんだり、それこそ斜面から転がり落ちたりするのが普通だ。なのに僕らは、異様なまでに疾走している。

気付けば辺りはさっきよりずいぶん明るかった。月が出たのかもしれない。目の前に道が見える。まっすぐに続く、白く輝く道。その先に見えたのは——。

「行、く、ん、あれ、岩！」

瀬凪さんが息を切らしながら叫ぶ。

ちょうど同じものを見ていた僕は、すぐに叫び返した。

「見えました！　さっきの、岩だ！　地蔵のあった……」

白々と続いていく道の先にあったのは、どっしりとうずくまる巨石だった。苔むした石は眠る巨獣を思わせる。その上に、男の人が乗っかっていた。

「おーい。おーい、おーい」

僕と瀬凪さんに向かって手を振るそのひとは、相変わらず小脇に首を抱えていた。

待っていてくれたんだ、と、自然に思った。

耳はピリピリし始めたけれど、不思議なくらい気にならなかった。

なぜだろう、と思ったとき、脳裏をよぎったのは瀬凪さんの写真だ。古い時代に死んだであろう子どもたちを見守っていた、登山服姿の男性が写っていた写真。岩の上で僕を呼んでいるのは、写真に写っていた彼だ。彼もまた、最近『七人目』として巻きこまれたひとなんだろうか。

がっ、と足に痛みが走り、僕の体は一瞬浮く。

「いっ……！」

転ぶ、と思った瞬間、瀬凪さんが強く手を引いてくれる。

おかげで、尻餅で済んだ。

「い、いでででで……」

しびれる痛みが脳天へ衝《つ》き抜けたが、僕はすぐに自分を取り戻した。手探りで足下を探りながら、僕はとある予感を覚えている。この流れには覚えがあった。

僕はきっと、『あれ』で転んだのだ。

「あった……！」

さっきまで白く見えていた道は、すっかりと元の闇に戻っている。それでも、僕の手は硬いものを探り当てた。丸くて硬く、ざらりとしたもの。

地蔵の首だ。

「やっぱり、君が、呼んでくれたのか」

ほとんど無意識のうちに、そんなことをつぶやいていた。自分でも意味不明だったが、僕の本能に近いどこか、霊感に近いところが、喋っているのかもしれなかった。

僕はがむしゃらに地蔵の首をつかみ、全身に力をこめる。節々がぼんやりと熱を持ち、自分がひどく疲労しているのがわかった。それでも火事場の馬鹿力と言うべきだろうか、地蔵の頭は苦もなく持ち上がる。

僕はそれを持って、よろよろと大岩のある方へと歩いた。

「行くん、ここだ！」

一足先に飛び出した瀬凪さんが、首のない地蔵を探り出して叫ぶ。僕は彼女の声を頼りに、首を地蔵本体へと乗せた。ほっとした次の瞬間、足下に鈍い衝撃が走った。

ざりざりざり、と、耳障りな音。立っていられない。

小石と土と朽葉がまざった闇が、洪水みたいに僕を押し流す。

「行くん！」

「浅井ー！」

瀬凪さんの声にかぶって田柄の叫びが聞こえ、力強い田柄の手が僕の腕をつかむ。が、田柄の体も、あっという間に闇で覆い尽くされた。

「あっ、こら、あかん。なんまいだぶ」

念仏を唱えたのは蘭童か。

「諦めないで！　瀬凪先輩、どこですか⁉」

「私はここ！　大丈夫！　だけど、行くんが……うわっ！」

桜小路と、瀬凪さんの声も聞こえる。みんなの悲鳴が交錯する中、僕の体は猛スピードで滑り始めた。数時間前にも経験した感覚――滑落だ!

どんどんスピードを増しながら、僕は滑り落ちていく。斜面と触れた体が熱い。木の枝が体をかすめ、鋭い痛みが走る。とっさに顔をかばいながら、僕は滑り、転がっていく。死ぬかもしれない、と思った。だとしても、やることはやった。多分瀬凪さんは助かる気がする。

そう思うと、大して気分は暗くなかった。むしろ、結構無敵な気分だったかもしれない。瀬凪さんは助かる。瀬凪さんは写真を撮る。僕は……そうだな。

できれば、瀬凪さんの写真が見たい。

と、思った直後。

僕は、ひどく硬いものに全身を叩きつけられた。

「いっ……たぁ……」

情けない悲鳴をあげる僕の横で、蘭童もうめき声をあげる。

「……いってぇ……ん? これ、アスファルトか?」

途中でがらりと声の調子が変わったのを聞き、僕もはっとして目を見開いた。

勢いよく体を起こし、辺りを見渡す。いつの間にか、またうっすらと霧が出ていた。だが、見える。周囲に何があるのか、見える。木々の枝。交通標識。アスファルトの、道。

僕らはアスファルトで舗装された、蛇行する車道の上にいる。

僕は興奮して立ち上がった。痛みも羞恥心も消し飛ばしたまま、とにかく怒鳴る。

「道だ。道に出た！」

「あのときと、同じだ……」

しゃがれた声で言ったのは瀬凪さんだ。僕と少し離れたところに転がっている。僕は彼女が無傷そうなのと、カメラを抱えているのを見て、ほっと一息吐いた。

「瀬凪さん、体は？」

声をかけると、瀬凪さんはぎこちなく自分の体を探った。

「ん。大丈夫。前もかすり傷くらいだったし……」

「携帯！　通じるよ！」

桜小路の悲鳴みたいな叫びが響く。

直後、みんなの姿が真っ白になった。

道を曲がってきた車のライトが、僕らをまるごと呑んだのだ。気付いた次の瞬間には、派手なクラクションを鳴らして大型トラックが停車する。うっすらとガソリンのにおいが漂い、僕は、現世だ、と思った。

立ち尽くす僕らに何を思ったのか、トラックの窓から男が顔を出す。

「どうした！　生きてる奴か？　迷ったかぁ！」

他人の心配そうな叫びを聞いて、急激に安堵の波が押し寄せてくる。

ここは現世だ。間違いなく生者の世界だ。

「助かった……」

僕がつぶやいたのを引き金に、みんなはばらばらとその場に座りこんでしまった。

◇

山は異界である。

その証拠に、山から下りた僕らが日常に戻るのはすぐだった。

遭難騒ぎを収めるのに必死になっているうちに、嘘みたいなテンポで時は過ぎ、現在七月末。

僕らを襲ったのは怪異ではなく、テストだ。

「ぬぁあああ、間に合わん！　そもそも教科書が悪文なんや。どーして芸術大学まできて、世界史やりなおさなあかんの？」

蘭童が悲痛な叫びを残してローテーブルに突っ伏す。僕は瀬凪さんのキッチンを拭き上げると、冷蔵庫を開けながら居室へ声をかけた。

「うちの世界史、教養の中でもっとも赤点が多い科目らしいよ。瀬凪さんが言ってた。蘭童、友達多いんだから、レポートの使い回しが許される授業取ればよかったのに」

「入学前に作れた友達は大体新入生に決まっとるやろ。むしろ行くんがチートなんや。こんなお化けを味方につけおって」

「誰がお化けだって？　人の部屋で勉強したあげく、どうしてそういうこと言うかなぁ」

押し入れの扉がのろのろと開き、瀬凪さんが顔を出す。

今日は寝ていないどころか作業中だった様子だ。最近、瀬凪さんの押し入れの中は僕と瀬凪さんによってプチリフォームされた。真ん中の板を抜いて小型のＰＣデスクを入れ、慎ましいながらも充分なワークスペースになったのだ。

変な柄のぶかぶかＴシャツを着た瀬凪さんに、蘭童は派手に土下座をした。

「お化けさま、神さま、瀬凪先輩！　世界史必勝法、教えてください！」

「瀬凪さまのお告げとしては、今回のテストは潔く捨てて、補習で頑張ること。あの先生、しっかり教科書読みこんだだけじゃ合格しないよ。先生の考え方を理解したうえで、さらに自分の解釈をのっけないとダメ。ちょっと待ってな」

瀬凪さんは言い、押し入れの奥に頭を突っこんだ。やがて、一冊の本を蘭童の前でひらつかせる。

「これが、あの先生の考えが一番出てる本。教科書より、まずはこっちだね」

「ああああ、仏さま、菩薩《ぼさつ》さま、石油王さま、ありがとうございます！」

「はいはい。お供え待ってるよ」

瀬凪さんは蘭童の礼拝を受け流し、PCデスクに向き直る。

山の中で決死の告白をしてしまった僕だが、下山したら瀬凪さんはご覧の通り元のペースだ。拍子抜けしたのは間違いないが、あのときは異常事態だったし無理もない。いったんなかったことにして、このまま続けていくのが正解だろう。

明確に変わったことといえば、モニタに映っているのが瀬凪さんの写真だという一点だ。山から帰って以来、瀬凪さんの写真が心霊写真になる率は大分下がった。ゼロにはならないものの、確実に下がってきている。

理由はおそらく、瀬凪さんが撮った芦屋の写真が絵馬代わりになって芦屋を供養したことがひとつ。僕が落ちた地蔵の首を戻したことがひとつ。最後のひとつは、高校時代に瀬凪さんの撮ったあの山の写真が、SNSで猛烈に拡散されたことではないか。

『ひょっとして、なんですけど。絵馬で間引かれたひとたちが安らぐなら、山自体も、瀬凪さんの写真で安らいだりするんじゃないでしょうか』

下山後にそう提案したのは僕。

それを受けて、実際に写真をアップしたのは瀬凪さん。

投稿者コメントなしで投稿された写真は好評だ。何も知らないひとたちが、きれいだね、すごい、行きたい、などという他愛のないコメントをひたすらに積み重ねていく。山に溜まっていたのが亡くなった人たちの思いならば、こうした生きた人間の明るい思いの積み重ねこそが、山の呪いを薄めていけるのではないだろうか。

呪いが薄まった後も、山の怪異が完全に消え去ることはないのかもしれないけれど。

「はい、とりあえずお供えです」

僕は言い、瀬凪さんの小さなデスクに麦茶のコップを置いた。

瀬凪さんは画面に集中したまま生返事をする。

「ありあとー」

「はい」

僕は答え、瀬凪さんの背後に立ち続けた。

瀬凪さんはしばらく落ち着かない様子でいたが、やがて低い声で聞く。

「行くん、何見てるの？」

「芸術の神さまを頭に乗っけて写真の現像を頑張っている、瀬凪さんを見てます」

「物好き。飽きない？」

「一生見ていたいです」

「げほっ、ごほっ！」

「うわっ、麦茶吹かないでくださいよ！　ＰＣ大丈夫ですか⁉」

僕は慌ててＰＣをのぞきこみ、無事な様子に安堵した。大丈夫そうですよ瀬凪さん、そう言おうとして彼女の顔を見ると、彼女の頬は真っ赤になっている。耐えるように強く唇を噛む瀬凪さんは普段のふざけた様子もなく、鋭すぎるところもない。ただひたすらに柔らかくて美しく、愛らしい。僕はすっかり魅入られて、その場で凍りついてしまった。

しばらく黙りこくっていた瀬凪さんは、やがて恨みがましそうな上目遣いで僕を見る。その目には水の膜が張ってゆらゆらしており、その膜にはバカみたいにぽかんと口を開けた僕が写っている。バカみたいな僕は、つい本音を言った。

「瀬凪さん。めちゃくちゃかわいいですね？」

「ばか！」

僕の感想に即答すると、瀬凪さんは勢いよくキーボードに顔を伏せる。ＰＣ画面に意味不明の文字列が走り、僕は浮き足だった。背後では蘭童が叫んでいる。

「なあ、おい、ボクは今すぐ帰ったほうがええか？　ええな？　よーし帰ろう！」

「待って蘭童、帰らないで。待ってください、え？　あれ？　瀬凪さん、元からかわいいですけど、こんな暴力的にかわいかったでしたっけ？　どうしよう。瀬凪さんのかわいさを改めて知ってしまった。ドキドキしてきました」

「今更かい！」

思いっきりつっこんできたのは、蘭童じゃなくて瀬凪さんだ。

鋭い裏拳が腹に決まり、僕は大きく後ろへよろめく。痛みは大してなかったけれど、僕の足下はおぼつかなかった。何せ頭が瀬凪さんでいっぱいで、耳やら目やらからぼろぼろ瀬凪さん成分がこぼれ落ちていたからだ。

うろたえる僕の頭には、ひとつの考えが浮かぶ。

ひょっとして、瀬凪さんは今までもこうだったのか。僕から顔を逸らして虚空を見ていたり、うつむいて髪で顔を隠していたとき、瀬凪さんはこういう顔をしてたのか。山の中で好きだと言ったあとも、こうだったのだろうか。

ひとつひとつ考えていくうちに、僕の顔は燃えあがるみたいに熱くなった。顔というのはこんなにも熱くなるものなのか、とかなんとか感心している場合じゃない。僕はとっさに両手で顔を覆う。

「ごめんなさい。嘘、恥ずかしい。え、僕ってひょっとして、鈍感野郎でした?」

指の隙間から、僕はうめき声で聞いた。

瀬凪さんは手の上から手刀でびしばし攻撃をしかけてくる。

「そんなとこだと思ってたよ、この、この！　未成年のくせしてとんだ遊び人か、もしくはただの鈍感野郎かと思ってたけど、正解は鈍感野郎のほうだったよねえ。しかもこの期に及んでなんかかわいいし、腹立つ！　かわいいけど、腹立つ！」

「すみません。ごめんなさい。瀬凪さん、好きです。好き」

「自覚したらますますひどい！　何こいつ！　何！」

瀬凪さんの攻撃は止まない。ありがとうございます。嬉しいです。

そんなことをやっていると、少し離れたところから蘭童の声がした。

「うははは、ごめーん。ボク、やっぱ耐えきれんわ〜。帰ります！」

これは本気だと踏んだ僕は、とっさに両手を顔から外し、大股の三歩で蘭童に肉薄。狙い過たず彼の腕を引っつかんだ。

「蘭童、帰らないで……お願い、帰らないで」

「なんで？　なんでなん⁉　嫌がらせ？」

「違う、そうじゃない、間が持たないんだよ。そうですよね、瀬凪さん⁉」

僕は力一杯怒鳴り、しまいには瀬凪さんに同意を求める。瀬凪さんは瀬凪さんで、真っ赤な顔で僕に追従した。

「そうだよ蘭童くん、私たちをいきなりふたりにしないで！　そうだ、みんなで焼き肉行くのはどう？　そのへんから慣らしていこう、私たちを」

「わけわからん！　恋愛くらいふたりだけでどうにかせぇよ。でもまあ、焼き肉だったら行くわ。先輩のおごりで山ほど食って、説教しよ。二人とも、今まで、ほんっとーにイライラした！」

焼き肉という魔法の言葉が、蘭童を達観した顔に変える。彼は僕ら二人をにらみつけ、僕らは並んでうなだれた。そうしているうちにこの状況がおかしくなってきてしまい、僕らはほとんど同時に笑いを漏らす。ささやかな笑いはすぐ大笑いに成長した。

ひとしきり笑って満足すると、瀬凪さんは僕に向き直る。

「ちゃんと追いついておいでよ、行くん」

静かに、強く言われた。彼女の目はまだ少し水っぽかったし、頬はほんのり赤かったけれど、そこには僕の大好きな瀬凪さんの鋭さも同居していた。

僕はあなたが好きだ。

あなたが見ているものを、僕も見たい。

危ういものをやり過ごして、でも、あなたのことだけはやり過ごしたくない。

一緒にいたい。できるかぎりずっと、一緒にいたい。

全部の気持ちをぎゅっとまとめて、僕は答えた。

「はい！」

瀬凪さんは満足そうに笑い、アパートの扉を開けに行く。１Ｋのぼろアパートの扉が開くのが見える。危険で未知のものだらけの外に向かって開いていく。

僕はためらいを振り切って、大きく一歩を踏み出した。

作品に関するご意見、ご感想等は
東京都千代田区神田三崎町 2-18-11
fHM文庫編集部まで

本作品は書き下ろしです。

ゴーストリイ・サークル
——呪《のろ》われた先輩《せんぱい》と半端《はんぱ》な僕《ぼく》

2021年10月20日　初版発行

著者 …………………… 栗原《くりはら》ちひろ

発行所 ………………… 二見書房
東京都千代田区神田三崎町 2-18-11
電話　03-3515-2311（営業）
　　　03-3515-2313（編集）
振替　00170-4-2639
印刷 …………………… 株式会社堀内印刷所
製本 …………………… 株式会社村上製本所

ISBN978-4-576-21146-6
https://www.futami.co.jp

二見ホラー×ミステリ文庫

宵坂つくもの怪談帖

川奈まり子　鈴木次郎〔装画〕

怪談実話作家の宵《よい》坂《さか》白《つくも》が八王子の山中で拾った叶《かな》井《い》晴翔。記憶を失った彼は幽霊たちの姿が見え、声が聞こえるようになった。恐怖に慄く叶井だが、白にはネタ集めに有用な存在だった。やがて宵坂家に住むことになった叶井だが、宵坂家は家神のイナリ、幽霊の留《とめ》吉《きち》、白の叔母・紫《し》乃《の》とにぎやかな中で、次第に落ち着きを取り戻し、失った記憶を調べはじめるが——

H

二見ホラー×ミステリ文庫

怪を語れば怪来たる
——怪談師夜見の怪談蒐集録

緑川聖司　アオジマイコ〔装画〕

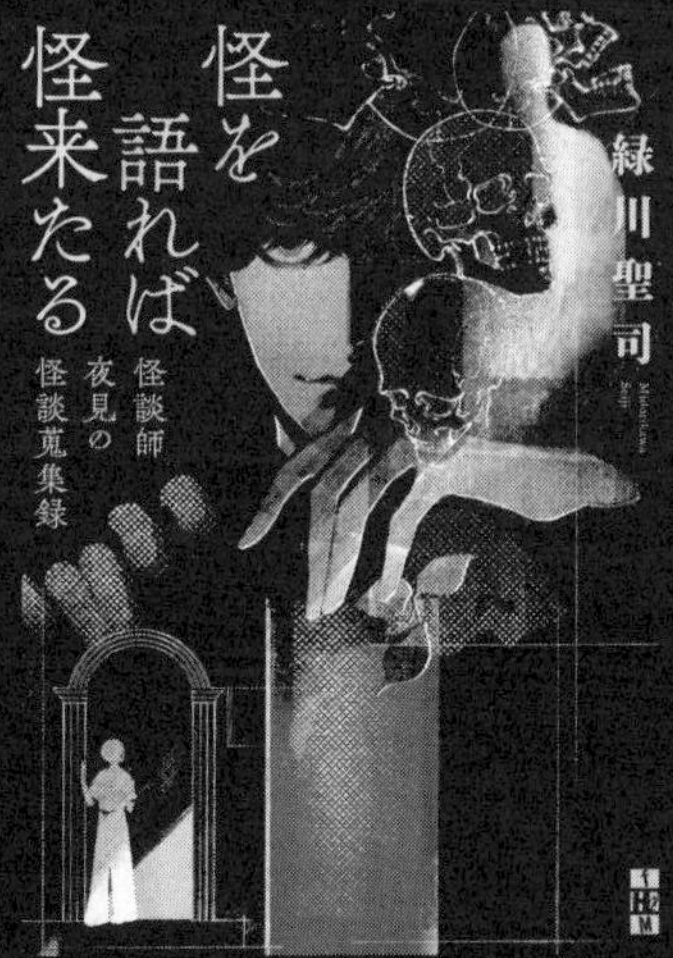

家賃の安さに惹かれ、とあるアパートに引っ越した西《にし》野明里《のあかり》。その日の晩から壁を叩く音が鳴り響く。不動産屋からは事故物件でもなく、隣室は空き部屋だと知らされていたのだが。一週間その音に悩まされ、高校の同級生の美佳《みか》に愚痴を吐いたところ、本当に霊感を持つというイケメン怪談師・夜見《よみ》を紹介される。夜見に相談するために、実際に会って自身に起こったことを話すが——

H

fHM
futami
HORROR
×
MYSTERY